文春文庫

文字通り激震が走りました

能町みね子

文藝春秋

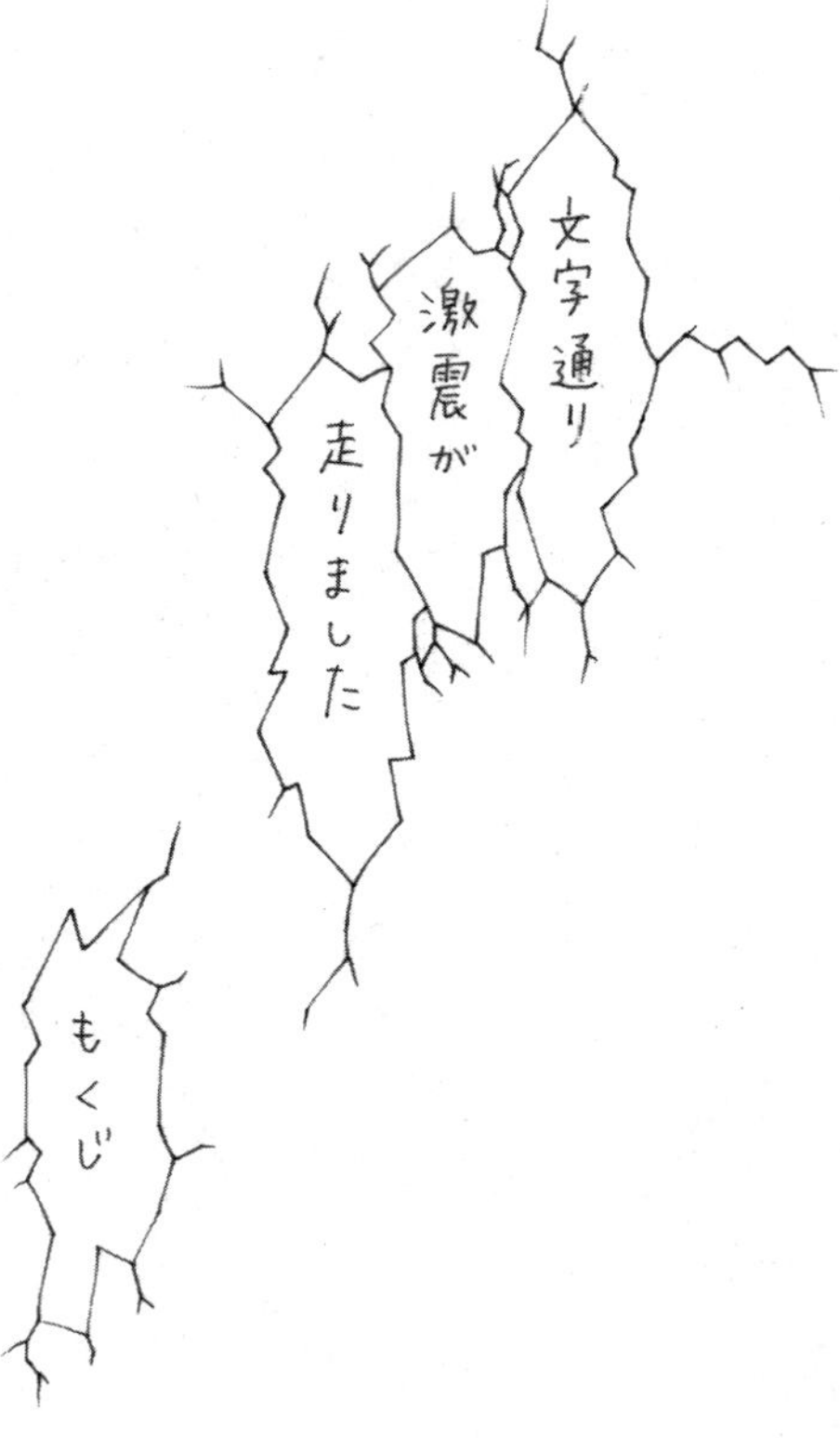
文字通り
激震が
走りました
もくじ

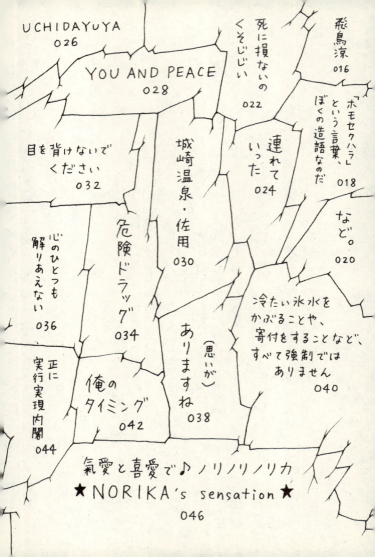

本書は「週刊文春」の連載「言葉尻とらえ隊」(二〇一四年六月五日号~二〇一八年二月十五日号)を選抜・改稿し、まとめたものです(「2015お騒がせ炎上ベスト10」のみ、二〇一六年一月一日発売「週刊文春WOMAN2016」に掲載)。

文字通り激震が走りました

能町みね子

飛鳥涼

「スクープから9カ月――本誌が摑んだ全情報　ASKA逮捕！」週刊文春　5月29日号

「飛鳥涼」という名前はダサいんじゃないでしょうか。

いや、こんなこと、今さらかもしれない。もしかしたら言い尽くされてもう誰も言ってないのかもしれないし、公式表記を「ASKA」にしたのはもしかしたら「飛鳥涼」が時代にそぐわないのも理由の一つかもしれない。でも今言いたい。

由来には諸説あるようだけど、しっかり考えてつけられた名前であることは間違いない。最近流行りのキラキラネームやDQN《ドキュン》ネームとも少し雰囲気が違い、昔の少年漫画の登場人物のようなテイスト。いわゆる「中二病」的センスでもあるけれど、カッコよさの要素が軽すぎて、今だったら中学生でも名乗らなさそう。

「チャゲ&飛鳥（当時の表記）」は私が生まれる前に結成されていて、その名を初めて知ったのはおそらく小学生のとき（80年代）。表記にかなり違和感があったのでインパクトは強かった。「飛鳥」はまあ、カッコいい、芸名らしい芸名だ。それに対して「チャゲ」って何だ、「チャゲ」って。意味が分からないし、カッコいい「飛鳥」とのバランスも悪いと思った。表記がＣＨＡＧＥとＡＳＫＡになり、どうにか格好がついたように思った。

時代は巡り、21世紀。

……「ＣＨＡＧＥ」という名前の色褪せない斬新さよ！

「黒板に書かれた落書き『柴田（ＨＡＧＥ）』のカッコをＣと読み変えたことからついたニックネーム」というくだらない由来からして本当にすばらしい（由来については他説もありますが、どれも「ハゲ」にちなんでいる）。

チャゲと飛鳥涼という名前から我々が学ぶのは、つくづく、ネーミングは深く考えずノリでやるべきだということです。飛鳥涼というかつてカッコよかった（今はダサい）名前に彼のイメージはしばられすぎていたんじゃないでしょうか。

２０１４／６／５

「ホモセクハラ」という言葉、ぼくの造語なのだ

「花田紀凱WiLL編集長のメディアあら探し　メディアうらばなし」Yahoo!ニュース　5月17日

連載させていただいてる週刊文春ですが、5月8・15日GW特大号の「ホモセクハラ」はよろしくない。報道内容の真偽の問題ではなく、言葉がいただけない。見出しに煽情的な文句を選ぶのは週刊誌の性《さが》ではありますが、この文脈で「ホモ」は確実に侮蔑的で、差別的です。セクハラはもちろん責められるべきことですが、同性愛は何ら問題ない。しかし、「ホモ」という差別的単語と「セクハラ」を組み合わせると、そこが混同されかねない。単に「セクハラ」あるいは「男性へのセクハラ」でいいはずです。

と、これについて、予想もしない角度から言及してきた人がいた。元週刊文春編集長、花田紀凱《かずよし》。

「どんな性癖をもとうが、自由である。（略）咎められるいわれはない」とことわった上で、「言いたいのはそんなことじゃない」と。そして、胸を張って言う。

「自慢じゃないが、この『ホモセクハラ』という言葉、ぼくの造語なのだ」

え……言いたいの、そこ？

93年、某出版社の男性が男性上司から受けたセクハラまがいの行為について、週刊文春は特集記事を組んだ。しかしセクハラは当時男性から女性に対するものという認識。「『男が男に対してねぇ。これを何と言うべきか』で、思いついたのが『ホモセクハラ』。その後すっかり定着して今や、略して『ホモハラ』と言われたりする」……ですって。

「自慢じゃないが」なんて前置きしながら、彼は何を自慢げに語っているんでしょうか。時代背景を差し引いても差別的だし、差別語がすっかり定着したのだとしたら（私は「ホモハラ」なんて言葉は聞いたことないけど）それは恥ずべきことでしょう。

だいたい、造語として何の工夫もない。花田紀凱が思いつく前に言ったことある人、たぶんなんぼでもいるでしょ。

2014／6／12

など。

ツイッター上のつぶやき

ネットでの流行語は名詞や動詞ばかりではありません。たまに助詞や助動詞レベルのものが生まれます。

主にツイッターでつかわれる独特の「終助詞」として、動詞につける「など」というものがあります。

ヤフー知恵袋に「ツイッターで、文末に『〜など。』とつけることがありますが、これってどういう意味ですか」という質問があったのが３年前の春なので、おそらく２０１０年あたりには誕生していたはずです（ちなみにこの質問には大間違いの回答が寄せられている。ヤフー知恵袋は当てにならん）。

軽く検索で拾ってみると、「○○だろうなぁ…と寝ぼけた頭で思うなど。」「◇◇を見て、△△の理由を何となく悟るなど。」「××がうまく聞き取れず狼狽するなど。」等々、たくさん見つかります。

事例をたくさん見たうえで私なりの解釈をすると、これは単に「〜と思うなどする。」「〜と悟るなどした。」の省略形です。自分の動作に対してしかつかわないのも特徴的で、なかでも主に自分自身の考えについて述べるときに用いられやすいようです。デジタル上での文章表現に慣れた人がつかいがちです。

これは一種の婉曲表現であり、あけすけに言えばただの「カッコつけ」といっていいでしょう。見かけるたびにムズムズします。

思考内容を婉曲に表現するのは日本語ではおなじみの方法だけど、この形は自分の感情すら過度に客観視し、箇条書きしてコンテンツ化しているようで少々薄気味悪い。怒っても感動しても、ずーっとすました表情を自分自身に強いているように感じる。しかも本人はその不自然さに自覚がない。

これを見ると、私はその人の、人間的なナマの感情をほじくって開けたくなってしまうのだ。

2014/6/19

など。

死に損ないのくそじじい

「長崎被爆者に『死に損ない』横浜の中3男子、修学旅行中」朝日新聞　6月8日

「被爆の語り部」である高齢の男性が、修学旅行中の中学生に「死に損ないのくそじじい」と暴言を吐かれて学校に抗議したという報道がありました。学校も素直に謝罪したとのこと。

先に男性が生徒を叱責しており、それに対する反抗の気持ちで罵倒したようだけど、もちろん暴言は悪い。男性の抗議も、まあ妥当なことだと思う。

しかし、昔から中学生なんてこんなもんだよね。

対象が戦争だろうと何だろうと、物事を深刻に捉えようとしない不真面目な悪ガキは一定数いる。この程度のことにいちいち構ってたらキリがない。

ということで、この報道そのものについて私が思うのは、「この程度のことを全国紙が追う必要はまったくなく、取り上げたこと自体になんらかの意図を感じてやや不快」ということに尽きます。

さて、報道そのものについてはこのくらいにして、一つ私が気になったのは、この暴言が毒蝮三太夫の影響下にあるかどうかと言うことです。「死に損ない」は、被爆という背景とは特に関係なく高齢者への暴言としてポピュラーなもの。毒蝮三太夫は老人への暴言の第一人者という妙な立ち位置になっており、多くの人にとって彼はこのフレーズを広めた人というイメージがあります。

しかし、実際に彼の番組（ＴＢＳラジオ「ミュージックプレゼント」）を何回分か聞いてみたところ、もちろん一般のご老人への愛情に満ちているし、「じじい」は言っても「くそ」は言わず、「くたばり損ない」はまれに言うものの「死に損ない」の発言は確認できず。「〇〇みたいな顔して」という暴言のバリエーションはきわめて多様で教養に富む。

中学生と比べるのは失礼な話ですが、芸としての暴言には愛以前に知性が必要と知りました。

2014／6／26

連れていった

加藤綾菜ブログ　6月11日

加藤茶がひどく老化したと、ここ半年ほどネット上では何度も話題になっています。特に最近出演した「鶴瓶の家族に乾杯」では表情がほとんど変わらず、何に対しても反応が極端に弱く、正視に耐えないほどでした。

加藤茶といえば、非常に年の離れた妻・綾菜についての悪い噂は結婚当初から気になるところです。

しかし、噂はあくまでも噂。彼が年齢的に老いていることは間違いない。元からスピード狂でギャンブル狂で女好きの加トちゃん、これが昭和のむちゃくちゃな一芸人の散りざまなんでしょう。妻のふるまいと加トちゃんの老化について関連づけるのはとりあえずおいておきたい。

ただ、この件を綾菜ブログから見てみたところ、無視できない表現を見つけてしまいました。

今回の「家族に乾杯」での彼の危うい言動について、彼女はブログでこう書いている。

「私も心配で収録後に病院連れていったの！　そしたら風邪だったの（略）少し体調悪そうにしてるとすぐ病院連れていってるから大丈夫です」

風邪のわけがないだろう……という点よりも、注目すべきは二度も書かれた「連れていく」という表現です。

ふつう、病院に「連れていく」のは、病院に行く意志がない者（幼児・ペットなど）です。

妻と夫の場合、例えば北斗晶と佐々木健介のようなイメージの夫婦ならこの表現もありえるけれど、ふだんから仲の良さだけをアピールしている夫婦ではまずこの表現は出ない。風邪程度のことであれば、本人が通院を断固拒否するなどの行動がない限り、「病院にいっしょに行った」とか「ついていった」といった記述になるはずです。

この表現から確実に分かるのは、綾菜が夫の意志を認めていなさそうだということです。彼女はそのスタンスを無意識に晒してしまいました。

2014／7／3

UCHIDAYUYA

内田裕也ツイッターアカウント

「イイカゲンにしろ、ＫＫ！」と怒りをぶちまけたり、しばらく経ってからそれを「くだらねぇから、削除！」と言って消したり、「ザッケローニの慌てぶりはメチャニューミュージックだった」なんて、さすがとしかいいようのない形でサッカーに言及していたりする内田裕也のツイッター（ＫＫはもちろん、妻・樹木希林のことですね）。事務所が代理で書いている場合には起こりえない、本人の生々しい思いが出ていて好感度大です。

そんな内田裕也のアカウント名は「@UCHIDAYUYA」。

意外だ。これはロックなのだろうか。ロックのイメージからすると、名前の表記はユーヤ・ウチダという順になりそうな気がするが。

これに気づいてから、アカウント名をフルネーム表記にしている人の姓・名の順が気になってきました。

しかし、ほかの日本ロック界のスターはツイッターをやっていなかったり、やっていてもアカウントが姓だけだったりと、比較対象になるものが少ない。残念です。

その代わり、なぜかフルネームのアカウントが多い業界を発見しました。政界やその周囲の人たちです。

西洋風の名・姓型は菅直人（@NaotoKan）、竹中平蔵（@HeizoTakenaka）、福島みずほ（@mizuhofukushima）などで、比較的少数派。安倍晋三（@AbeShinzo）、舛添要一（@MasuzoeYoichi）が姓・名型なのはなんとなく納得だけど、鳩山由紀夫（@hatoyamayukio）もこの形なのは少し意外。

そしてもっと意外なのは田母神俊雄（@toshio_tamogami）です。まさかの名・姓型。こういう人こそ、強い考えのもとに姓・名型にするんじゃないのか。

こういう細部にこそ主張が出ると思っていたら、案外みんなこだわりがない。私が支持者だったら残念に思うけどなあ。

2014／7／10

YOU AND PEACE

自衛官募集ＣＭコピー

7月1日、集団的自衛権の行使を容認する閣議決定に合わせたかのようなタイミングで自衛官募集のＣＭが公開され、右傾化を危惧する人たちの間で騒ぎになりました。

確かにタイミングはあまりにもぴったりでしたが、自衛官募集ＣＭの制作自体は別に今年突然始まったことではありません。毎年定期的に作られています。

では内容はどうなのか、ということで、3年前までさかのぼって毎年のＣＭ中の主なメッセージを比べてみました。

平成23年「一人でも多く守るために。あなたの力を」。

平成24年「（自衛官になったことで成長した、という様子を映像やインタビューで見せて）私たちは前に進む。大切な人たちがいるから。自衛官になるという選択肢」。

平成25年「それは、1億3千万人の暮らしを守るという誇り。その気持ち、咲かせよう。BELIEVE YOUR HEART」。

そして今年。「（AKB48の島崎遥香に語らせる形で）自衛官という仕事。そこには、大地や、海や、空のように、果てしない夢が広がっています。ここでしかできない仕事があります。YOU AND PEACE」。

明らかに方向性が変わった。アイドルをつかったこと以上に、メッセージの稀薄性、曖昧さが目立ちます。

これまで確実にあった、少なくとも誰か（たぶん国民）を守る仕事、という定義づけが消えてしまっています。具体性のない「夢」という言葉は極端に浮いていて、最後の「YOU AND PEACE」に至っては据わりの悪さに腹が立つほどです。

なんでこんな空っぽのポエムみたいなメッセージにしてしまったんだろう。集団的自衛権の問題で風当たりが強いからこそ、アイドルの可愛さと無意味なメッセージでお茶を濁そうとしたんだろうか。問題への賛否とは別に、ふんわりしすぎて気味が悪い。

2014／7／17

城崎温泉・佐用

野々村竜太郎県議の兵庫県内出張先

この号が出る頃にはもう*野々村竜太郎県議も政界を去ってしまっているでしょうか。

野々村県議が昨年度出張したと主張する主な行き先は、城崎温泉１０６回、佐用《さよ》62回、博多16回、東京11回です。自宅の最寄り駅である阪神武庫川団地前駅から鉄道で往復したことになっています。

なぜ城崎温泉が多いのか。この疑問について、いろいろな意見が交わされていました。ある人曰く、愛人がいたのではないか。またある人曰く、城崎温泉に何か特別な思い入れがあるのではないか。

驚いた。まさかこの理由について誰も指摘しないとは。子供の頃から地図帳を穴が開くほど眺めていた私にとっては非常に簡単な話ですよ。

正解は、単に遠いから。

有名観光地の城崎温泉が主な目的地だったことについて疑問を呈する人はやたら多い

けど、訪問回数第2位の佐用という街については、知名度が低いせいか話題にする人が少ない。城崎温泉と佐用の位置を地図上で眺めれば一目瞭然。この2つの駅は、県議の住む西宮から特急で行ける、兵庫県内で最も遠い場所なのです（厳密にはもっと遠い駅もありますが、特急&グリーン車を使って無理なく日帰りの日程を組める行き先としては最大距離と言えるでしょう）。

仮にカラ出張であれば、交通費の水増しについてはなるべく不自然さのない行き先にするでしょう。県議会議員として、出張先は遠方よりも県内のほうが自然です。ということで、県内の遠い所として選ばれたのが城崎温泉（と佐用）なのでしょう。むしろ、出張先が城崎温泉と佐用ばかりだったことはカラ出張の証拠と言ってもいいくらいです。

まあ出張回数からしてカラ出張なのは火を見るより明らかですけどね。

ということで、城崎温泉に深い理由なんかあるわけがない。

2014／7／24

＊政務活動費の不正使用問題を受け、２０１４年７月１日に開いた記者会見での号泣・絶叫ぶりや耳に手を当てるポーズが話題に。議員辞職したのち、２０１６年７月に有罪判決を受ける。

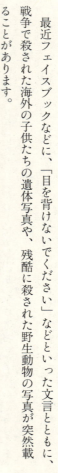

目を背けないでください

フェイスブック

最近フェイスブックなどに、「目を背けないでください」などといった文言とともに、戦争で殺された海外の子供たちの遺体写真や、残酷に殺された野生動物の写真が突然載ることがあります。

フェイスブックは、ふと開いたときにどの友人の記事が表示されるか分かりません。不意打ちで残虐な写真を見せられたときの心的被害は大きい。写真にモザイクなどは一切かかっていないため、あまりのむごたらしさに息を呑み、しばらくは言いようのない不快感が残ります。

なんでこんな写真が拡散するのかというと、「世界の現実を知ろう」という一見まっとうな理由です。世界には戦争や動物虐待などの現実がある。こんなひどいことを起こさないために、平和ボケの日本人はこの写真から目を背けるな、というわけです。この立派な名目が写真に添付されているので、善意にあふれた人々はこれをフェイスブック上の友人に「シェア」してしまう。

コンセプトがいかにも立派だからタチが悪いけれど、これはもう画像テロです。「目を背けないでください」と付け加えるのがまたひどい。いかにも「これは試練ですよ」とばかりに書いているけど、惨たらしいものからハッと目を背けるのはごく普通の人間の反応で、それは仮に戦争中であっても同じはず。目を背けずにいられるのは異常なことです。むしろそれに慣れてしまったら、人間として何かが欠落してしまう。ふだんから残虐な写真を見る必要なんか全くない。

だいたい遺体の子供たちは誰なんだ。遺族らは近しい子の遺体写真が世界に拡散されているなんて知るよしもないだろうし、それを知ったら二重にショックでしょう。この写真を広める人こそ遺体を人間扱いしていません。

目を背けてはいけないのは事実であって、写真自体ではない。

2014/7/31

危険ドラッグ

「脱法ドラッグ」の新呼称

脱法ドラッグの新呼称が公式に決まりました！「危険ドラッグ」！

「母さん助けて詐欺」と違って、「危険ドラッグ」については私は手放しで褒めたい！

新名称案で寄せられたのは、数の多かった順に、準麻薬／廃人ドラッグ／危険薬物／破滅ドラッグ／危険ドラッグ／有害ドラッグなど。この中で検討するなら……「準麻薬」は麻薬より弱い印象になってしまうし、廃人・破滅などの単語が入ると言葉が強すぎて逆にコミカルになってしまう。「危険薬物」では毒物や劇薬のイメージと重なる。消去法で言っても「危険ドラッグ」がちょうどよさそうです。

いやそんなことよりも、「危険ドラッグ」と最初に聞いたとき、大半の人は「超カッコ悪い」と思ったでしょう。そこが何よりいいのだ！

「脱法ハーブをやってる」という言い方は、残念ながら、ちょっとカッコいい。「脱法」の部分に、少し「ワル」な印象ができてしまう。しかし、「危険ドラッグ」の名称は、単語のセレクトが小学生レベルです。大人はこの安易さになかなかたどりつきにくい。

小学生風名称のおかげで、「危険ドラッグで逮捕」は抜群にカッコ悪いものになります。これだけでも少し抑止効果があるんじゃないかと思うほどです。街中で見る麻薬禁止ポスターの「ダメ。ゼッタイ。」並みにぜひ定着してほしい。薬物周りをダサさで囲い込んでしまえ（ちなみに「ダメ。ゼッタイ。」も最高にダサいと思う。ダサすぎてクールだぜ）。

それにしても、古屋国家公安委員長の「呼称が浸透することで、非常に危険なものであることを認識していただくように期待している」という会見でのコメントは、名称に輪をかけてダサさが冴え渡っている！「『危険ドラッグ』なら非常に危険だと分かるはず」、とな。同語反復でまるで空虚なダサいコメント、最高だよ！

2014／8／7

心のひとつも解りあえない

「15の夜」歌詞　西日本新聞で引用　7月31日

*佐世保の同級生殺害事件について概要を知った人は、漠然と「これはよくあるヤツじゃない、レアケースの本当にマズいヤツだ」と直感するでしょう。あえて曖昧な言葉で書いたけれど、このくらいの空気感で、よくある少年事件とは違うゾッとするものを感じる人は多いと思う。

友人同士の怨恨が原因であれば、犯行の理由として一応気持ちを推し量ることはできる。あるいは思春期にありがちな親への反抗心や社会への憤りが原因の事件なら、同様に想像はできる。私たちは犯罪に対し「理解できない」と軽々しく言いがちだけど、憎しみややっかみや欲求不満という気持ちはみんな経験があるから、通り魔みたいな理不尽な犯罪者の気持ちすら、理屈だけなら本当は分かるはずなんです。

でも、今回のこれはどうしたってそういう枠の事件じゃない。大半の人は、その区別ができる。だからこそ、多くの人の関心を呼んでこんなに大きく報道されているんでしよう。不謹慎な話だけど。

ところが西日本新聞のコラム「春秋」は、これをなんと尾崎豊に例えて論じた！

名曲「15の夜」の歌詞を長く引用した上で、「生徒は『心のひとつも解りあえない』と、周囲の大人をにらんできたのではないか（略）ガラスのような思春期と向き合う難しさを思う」と。

絶対違うよー！　絶対にこのケースは尾崎豊パターンじゃないよ！

この事件を、15歳というキーワードだけでこんな手垢のついたものに例えてしまうセンス。しかしこれに違和感がない人もいるんだろうな。おそらくこのコラムを書いている人は尾崎豊よりも上の世代だと思うんですが、「心のひとつも解りあえない」のはまさにこんな、罪を犯す若者をいまだに尾崎豊の歌詞で一般化しちゃうようなご老人でしょう。

２０１４／８／２１

＊２０１４年7月26日、女子高生が同級生女子の後頭部を工具で数回殴り、ひも状のもので絞殺、頭と左手首を切断した事件。以前より猫を解剖などしており、「体の中を見たかった」などと供述。

（思いが）ありますね

名古屋場所序ノ口優勝インタビュー

ケガによる長期休場から復帰し、番付の最下位である序ノ口で優勝した力士のインタビュー。大相撲ファンの私が大好きなヤツです。

しかし、丁寧に聞いてみると、ちょっとおかしい。

アナ「ホッとした部分も、どうですか？」

力士「そうですね、ありますね……」

アナ「去年の自己最高位の場所まで戻したいという思いは、どうでしょう？」

力士「ありますね……」

完全なる誘導尋問じゃん！　「ある」以外の答えがほとんど許されない作り。

以前から私は、スポーツ選手が使う、いわば「スポーツ弁」という方言があると提唱しております。その一つが「私の答えはここで終わりです」という意味を表し、インタビュアーに次の質問を促す文末の「ハイ」。例えば、「これからもがんばっていきたいと思います、ハイ」みたいなもの。今回のインタビューを例に、「ある」という繊細なスポーツ弁についても説明したいと思います。

スポーツ選手が自らの考えについて説明するとき、考えの内容を先出しし、「〜というのはある」というまとめ方をするのをよく聞きます。例えば「チームに早く恩返しをしたい、というのはありましたね」といった用法です。

この奇妙なスポーツ弁ができたのは、きっと今回のような背景があるのだ。つまり、話を聞かれ慣れていない選手に対し、インタビュアーが先に答えを用意してしまう。結果、その人はその気持ちがあるかないか（実際はほぼ「ある」）で答えることになる。

これを経験した選手は、インタビューに慣れてからもつい自ら「〇〇という思いはある」という形で答えてしまうのでしょう。

誘導尋問は場合によっては親切だけど、もうちょっとインタビュイーの言語力を信じてあげてもいいと思うんだよね。

2014/8/28

冷たい氷水をかぶることや、寄付をすることなど、すべて強制ではありません

日本ALS協会

筋萎縮性側索硬化症（ＡＬＳ）の患者や関連団体を支援する目的での「アイスバケツチャレンジ」が世界的に流行中です。ＡＬＳ協会に百ドルを寄付するか、バケツで氷水をかぶるかを選び、それを終えたら次に挑戦する人を3名指名するというもの。アメリカのセレブが氷水をかぶって盛り上がる映像を次々にアップしたことから爆発的に広がり（彼らは同時に寄付もしている模様）、実際、寄付金は格段に増えたとのこと。だから、この運動がいま日本でも広がっていますが、運動自体にケチをつけるのは野暮ってものですよね。個人的には、バラエティで熱湯風呂とかをさんざん見てきた日本人として、素人が氷水をかぶることの何が面白いのかと……いや、野暮ですね。指名が来たら拒否しづらい感じもなんか……いや、まあ、いいや。

さて、日本のＡＬＳ協会はどう考えているのか。協会のサイトにはこうある。「冷たい氷水をかぶることや、寄付をすることなど、すべて強制ではありません。皆様のお気

持ちだけで十分ですので、くれぐれも無理はしないようにお願いします」

ああ、ごく真っ当。よかった。そう、これは強制力を持った途端に非常に興ざめする運動です。だいたい氷水をかぶるのは健康によくない！

ところで、日本の著名人でこの運動に乗って氷水をかぶった人の多くは、具体的な寄付先について言及していません。それってどうなの？ そこが大事なんじゃないの？ ひどい人はＡＬＳという単語すら出していない。それじゃただの「不幸の手紙」じゃないか。

協会によると「（イベント流行中の）８月18日から21日までに当協会に２５０名の方から２００万円のご寄付が寄せられております」と。日本は流行のわりに寄付が絶対少ないって！

2014／9／4

俺のタイミング

小籔千豊

「ALSアイスバケツチャレンジ」は賛否両論で騒がれつつだいぶ下火になりました。寄付が続くのはいいことですが、このままだと少しモヤッとした印象を残しながらフェイドアウトしそう。

そんななか、吉本芸人の小籔千豊《かずとよ》のパフォーマンスは群を抜いて秀逸でした。流行が鎮火する前に、しっかり触れておきたい！

彼は動画の中で、坂上忍からの指名により「1万円を寄付させていただきながら」氷水をかぶる、と宣言し、後輩たちに氷水を持ってくるよう命令します。

すると後輩が持ってきたのは大きなしゃもじ。「なんやこれ、しゃもじやがな！　しゃもじといえば広島県の名産、*広島も大変なことになってる、広島にも寄付しよ！」と言って財布からお金を出す小籔。

その後も、後輩が縞の服を持ってきたから福島にも寄付せな、といった調子で、くだらないダジャレを取り混ぜながら、大阪市と大阪府、東京都、あしなが育英会、伊勢神宮と次々に寄付するも、肝心の氷水がなかなか来ない。

「今回はＡＬＳや。氷水のバケツチャレンジせな……」と後輩に言いつけている最中、不意打ちで後ろから氷水を浴びせられて悲鳴を上げる彼。「俺のタイミングで行かせてくれ！　俺がやりたいときにやりたいねん」とぼやき、最後には「あかん、今のショックで次に回さなあかん３人、名前忘れてもうた！」とボケてバトンを止める。

完璧。やるべきことはやり、しょうもないギャグも入れながら寄付の半強制性をしっかり皮肉る。これこそ「芸」ですよね。

流行の社会現象もしっかり自分のお笑いというフィールドに取り込みながら、意見の主張もできる稀有な人材。東京在住の私としては、早急に小籔さんに全国区の番組を回してほしいと思うんですけどねえ。

2014/9/11

＊２０１４年8月20日、広島市の住宅地等で集中豪雨により大規模な土砂災害が発生、77人が死亡。

正に実行実現内閣

安倍晋三首相記者会見　9月3日

第2次安倍改造内閣が発足しましたが、ここではその中身のことについては触れません。出てきた単語だけに触れます。まったく政治関係で聞こえてくる単語と言ったらツッコミどころだらけです。

安倍首相によればこれは「ひたすらに有言実行、政策実現に邁進する、正に実行実現内閣」らしいです。でも、「正に」って言われても「実行実現」なんて四字熟語は聞いたことがない。実行も実現も、「文化祭実行委員」とか「夢の実現に向かって努力」とか、いかにも小学校の教室の壁に貼ってありそうな、ポジティブだけど薄っぺらな単語です。「実行」と「実現」の韻の踏み方も、2つの単語の「実」の字が同じ意味を示しているから同語反復的であまり意味がなく、日本語のバランスとしてかなり醜悪です。

さらに、すでに多くの人からツッコミ殺到だと思う「女性活躍担当大臣」。これまた小学生が考えたような幼稚な単語をよく大臣の名前に据えたもんです。

この役職名が幼稚なのは何も「活躍」という言葉の雰囲気だけではありません。地方創生担当大臣は「地方創生を担当」。防災担当大臣は「防災を担当」。となれば女性活躍担当大臣は「女性の活躍を担当」することになってしまいます。まるで大臣自身が活躍して脚光を浴びるかのような役職名。そもそもの日本語が変なのです。

さらにダメ押しは、何人か生まれた女性大臣について「女性ならではの目線で、新風を巻き起こしてもらいたい」というヤツ。おっさんからはよく出るんだよ「女性ならでは」が。さぞかし今まで「男性ならではの目線」ばかりでお仕事されてきたのでしょう。あの単語一つで「女入れときゃいいんだろ」という雑な意思をビシビシ感じるよ。

2014/9/18

氣愛と喜愛で♪ノリノリノリカ★NORIKA's sensation★

藤原紀香アメーバブログ

藤原紀香がついに、というか、唐突にアメブロに参入してきました。元々個人のオフィシャルサイト内でブログは書いていましたが、どんな心境の変化か、アメブロも始めることにしたようです。

今回取りあげたのはそのブログタイトル。ハンバーグにデミグラスソースとチーズとチョコと生クリームをぶちまけたような、うんざりするほど濃密でアンバランスな題名です。いかにも世間の感覚から離れた芸能人らしく、期待大です。

さて、まず冒頭から引っかかる言葉「氣愛」。

「気」の旧字体である「氣」という字については、前作（『言葉尻とらえ隊』）でも触れたように、武道や暴走族など一部の特殊な世界をのぞいて「老人性のスピリチュアル」を表すと思っています。土産物屋にある、相田みつを風の字で月並みな人生訓が書かれた置物。そこでは「元氣」「氣合」など、大概「気」よりも「氣」の字が好んで使われます。団塊以上の世代はこういったものを非常に好む傾向があるのだ。

で、これが老人性ではない場合、にわかにスピリチュアルの中でもコアな部分——新興宗教や自己啓発セミナー風の香りがしてきます。

紀香ブログは「気合」のシャレで「氣」に「愛」までつけている。この大仰な漢字選び、造語の強引さ……彼女の自覚はきっと「教祖」だ。芸能活動の具体的実績はさほど思いつかないのになぜ常に大物っぽいかって、教祖ならしょうがないです。だから彼女の容姿はどこか現実離れしていて、妙に巨大に見えます。私は藤原紀香の身長って2メートルくらいありそうな気がする。

ところで、ブログのコメント欄を読むと、ファンは割と馴れ馴れしく、彼女を崇拝しているほどの雰囲気は見えません。教祖に対して信者が少ないよ。もっと囲い込んだらいいのに。

2014/9/25

交際相手

ナブラチロワ選手結婚報道　9月7日

「往年の名選手ナブラチロワ氏、全米オープン会場でプロポーズ」というニュースタイトルをネット上で見たとき、ん？　と思った。

本文を読むと、「マルチナ・ナブラチロワ氏が6日、全米オープンの会場でパートナーのユリア・レミゴバさんにプロポーズし、見事受け入れられた。」（AFPBB）あ、やっぱりそうだよね。彼女は同性愛者だったはず。

でも、このニュースは彼女が同性愛者であることをタイトルで特に書き立てていない。こんな報道姿勢はとても理想的です。本文中でも、プロポーズの相手についてはほとんどの報道機関が「パートナー」または「ガールフレンド」とサラッと書いていて、彼女が同性愛者であることをわざわざ説明していません。同性愛もこんなふうに普通に語られるのがいいですよね。

しかし、「パートナー」とか「ガールフレンド」という言葉が日本語のニュース内に出てくるのは少しだけ違和感があります。仮に日本人の異性愛のニュースだったとしたら、「交際相手」になるんじゃないかな。

日本で流れているこのニュースについては、出所がほぼＡＰ通信かＡＦＰ通信のようで、原文にはgirlfriend あるいはpartner とあります。これを翻訳して記事にするとき、無難にカタカナにしたようです。

ためしに検索してみたら、この件で「交際相手」あるいは「交際女性」と訳しているニュースも少し発見できました。「恋人女性」という表現も発見。報道機関によってけっこう表記に揺れがあるものだな。

私は、この記事であえて「交際相手」と訳した報道のほうが好きです。「ガールフレンド／パートナー」だと、「海外だから起こった特別なこと」という雰囲気をまだうっすら感じます。日本でももう同性結婚式をやってる時代ですからねえ。

2014／10／2

言葉の乱れとはいえない

「国語に関する世論調査」文化庁

国語力に関する調査はいろんな角度で定期的に行われている気がするけど、報道によると、「造語」については文化庁による今回（２０１３年度）の「国語に関する世論調査」で初めて調査されたらしい。

調査対象の造語は、英単語の一部などに「る・する」を付けたもの。「サボる」や「パニクる」から「ディスる」まで、さまざまな造語について年齢別に使用度などを調査したそうです。元々ネットスラングのイメージが強い「ディスる」も大まじめに調査されているということで、私は文化庁の言葉のセレクトもなかなか信用できると思っちゃいました。

調査結果とそれに関する報道は興味深い。「タクる（タクシーに乗る）」を使うのは主に若年層だけど、じつは戦前からある造語らしい。「ディスる（けなす）」は20代の３割以上が使うけど、30代では激減して約５％。頻繁に使っている私（35歳）はそんなに少数派だったのか。60代ではわずか0・5%になるけど、逆に「ディスる」を使いこなす200人に1人の60代が何者なのか気になる。

そんなわけで、眺めて楽しいこの調査結果なんですが（すべて文化庁のサイトから閲覧できます）、こうした造語についての文化庁のコメントがまた良かった。

「日本語の特徴的な表現であり、言葉の乱れとはいえない」と。

断言した！「言葉の乱れではない」って！

「場面によってふさわしい言葉遣いを選んでほしい」と付け加えつつも、基本的に文化庁さんはこれを安易に「言葉の乱れ」としない姿勢を取った。何かにつけて「昔のほうがよかった」と言う人は新しい言葉を「乱れ」で片づけがちだけど、お役所がそれを否定したのはすごく心強い。そうだよ、日本語は柔軟なんだよ。そこをガチで認めた文化庁、リスペクトできるマジで。

2014/10/9

ジョージア（グルジア）

政府は、「グルジア」の国名表記を、同国からの要請に応じて「ジョージア」に変更する方針を固めた。グルジアの国名はグルジア語では「サカルトベロ」だが、国連加盟国のうち約170か国は、英語表記に基づく「ジョージア」の呼称を使っている。（読売新聞より抜粋、一部略）

ということで、グルジアが「ジョージア」になってしまう！

一般的にあまり知られていないグルジアという国ですが、相撲好きの私にとっては栃ノ心や臥牙丸ら力士の出身地としておなじみです。栃ノ心は「ジョージア出身ってアナウンスになったらオレ、アメリカ人みたい」と冗談交じりに言っているらしい（相撲記者からの情報）。

そうなんだよ、「グルジア」と「ジョージア」では醸し出す異国情緒がまったく違う。無責任な日本人の私としては、グルジアのほうがなんとなくいい。しかし、グルジアの名はロシア語表記に基づくそうで、対ロシア感情の悪いグルジアとしてはそんな名前が嫌なのもよく分かる。

新聞記事には、文脈的に必要ない現地語の「サカルトベロ」という呼称がさらっと書いてある。これ、そう呼ぶ方向へと世論を導きたいんじゃないの？　私もその案がいいと思うんだけどな。

インドのボンベイがムンバイと呼ばれるようになるなど、地名を現地語読みに変える運動は一時起こったが、最近はあまり聞かない。なぜこの運動が鈍化するのか不思議。軽く調べてみたものの、「サカルトベロ」と呼んではいけない理由も特に見つかりません。

日本人は、ふつう中国のことをわざわざ英語読みでチャイナとは呼ばない。「イギリス」という呼び方なんて、ポルトガル語由来らしい。国の呼び方って案外雑で統一性がありません。だったら、日本だけ「サカルトベロ」って呼んでもいいいんじゃない？

2014／10／23

見ている人の印象なんか気にしない

橋下徹大阪市長

*橋下市長と在特会の会長が面談という名の罵り合いを公開し、市長に苦情が殺到しているそうですが、もちろん問題なのは在特会のほうです。民族差別的発言を繰り返す団体側に理があるわけがない。……これは大前提として。

私は橋下市長のある一言に徹底的に幻滅したんです。

それは交わされた罵言そのものではなく、面談後に報道陣に話した「見ている人の印象なんか気にしない。世間の印象が良くなってヘイトスピーチがなくなるわけではない」（毎日新聞）という言葉です。

今まで私は彼を「支持できないが『政治家』ではある」と思っていました。荒っぽい言動もある程度は意図的で、カリスマ性の演出なんだろう、と。

政治家の言動は「パフォーマンス」として批判されることが多いけど、私はそれは大いに結構だと思う。むしろ政治家には、人に見える場所でのふるまいはすべてパフォーマンスだと思っていてほしい。主義主張は別として、自己演出力がなければ人々がついてきません。

しかし、橋下徹曰く「見ている人の印象なんか気にしない」「30分（の面談）で（価値観を）変えれるわけがない」……じゃあ、なんのために公開で面談をしたの？

橋下徹はこの模様が公開されたことを軽視している。在特会会長は感情的に詰め寄ったように見えたけど、彼は腕力で橋下徹に勝てるわけがないし、それは自覚しているはず。だからあれは「権力に立ち向かう弱者」という演出です。あの様子は視聴者の9割にとって不快でも、おそらく1割にとっては勇敢に見えてしまう。

橋下徹は観衆を意識せず、相手のパフォーマンスにただ感情的・場当たり的に対応し、過激な団体の支持者を増やした可能性が高い。こんなにもひどく無計画な人だったなんて。

2014／11／6

＊2014年10月20日、ヘイトスピーチを批判していた橋下徹大阪市長（当時）と在特会（在日特権を許さない市民の会）の桜井誠会長（当時）が面談しニコニコ生放送で生中継されたが、罵声が飛び交い10分足らずで終了。

男性だからといって ガッカリしたなどとは申しません

菊田真紀子衆議院議員

衆議院本会議で、菊田真紀子議員はSMバーについて「口にするのも汚らわしいところ」と表現しました。この件について取りあげたのは全国紙では産経のみですが、ネット上では「SMバーに対する職業差別」として批判する声が大きい。

私もこれについてはネットの論調に概ね賛成です。*宮沢洋一大臣は政治資金の不正使用が問題なのであり、使用先は関係ない。職業差別というより性嗜好差別として大問題です。どんな性癖も本来恥ずかしいことでも汚らわしいことでもない。大まじめにそう思います。

ところでこの一言の前、菊田議員は「私はあなた（宮沢洋一氏）が男性だからといってガッカリしたなどとは申しません」とも言っている。なんだかピントのずれた変な発言です。「〜とは申しません」と言っているが、ガッカリしないなら別にそんなこと言わなくていいのだ。なぜこんな一言を加えたか。女性大臣が辞任して代わりに男性が入ったことにガッカリするのが女性としての典型的な「筋」だと思っていたからでしょう。菊田議員の発言を分かりやすくするとつまりこうでしょう。「私は、ほかの女性と違って、女性の代わりに男性が入ったことにガッカリするような狭量な女じゃありません。でも、そんな寛大な私でもＳＭバーは許せません」

……ところで菊田議員のことを調べていたら、結婚の記事を発見しました。それによると「国会は会期延長でもちろん新婚旅行もなし。（それでも）家事のほとんどは菊田氏が担当」とのこと。

家事の頑張りを責めるわけじゃないが、忙しい女性議員が家事の分業もせず「主婦」的な仕事も完璧にこなしていることにひどく脱力感を覚えた。男性中心社会への媚びじゃないか。この人にとって女性の社会進出ってなんなのかね。

2014／11／13

＊２０１４年10月23日、宮沢洋一経済産業相（当時）の資金管理団体が２０１０年、ＳＭバーに１８２３０円の政治活動費を支出していたことが判明。

お付き合いをしてまいりました

西島秀俊が一般女性と入籍を発表

「私、西島秀俊は、かねてよりお付き合いをしてまいりました27歳の元会社員の方と近々入籍致しますことをご報告させていただきます」

あ〜美しい。文章がちょうどよくキレイだ。

男性からはさほど理解されないが、20〜50代くらいの女性に絶大な人気を誇る西島秀俊が結婚を発表しました。これはその報告としてマスコミに送ったＦＡＸの一部です。この文章をつづったのが本人なのか事務所のスタッフなのかは分かりませんが、いずれにせよ確実にテスト（何の？）で高得点をたたき出す文章であり、広範囲の女性が彼に、アイドル的・一時的なものでなくずっしりとした好意を寄せる理由も垣間見えるというものです。

特に見過ごせないのは「お付き合いをしてまいりました」の部分。ここは、最近の文章の流行りを無意識に受容している人なら、「お付き合いをさせていただいていた」としてしまいそうです。

実際、最近の著名人では、川島永嗣が「かねてからお付き合いさせていただいていた彼女と入籍～」と、安田美沙子は「予てからお付き合いさせていただいていましたデザイナーの下鳥直之さんと～」と、それぞれブログに書いている。

「させていただく」は別に間違った日本語ではありません。厳密には、ある対象からの使役や許可を受けていることを意味する表現なので、「(こんな私が、交際相手から)お付き合いを許可してもらっている」という、ものすごくへりくだった表現になります。

だから悪くはない。悪くはないんだけど……、個人的には、男女の関係はどちらがどちらにへりくだるというものでもないと思うのです。

西島秀俊なる男性の態度として、丁寧且つ不必要にへりくだらない「してまいりました」の表現は実にしっくりくる。ますます魅力が増すってものです。

2014／12／4

しぇしぇしぇのしぇー

危険ドラッグ刺傷事件容疑者の供述

「危険ドラッグ（まだ違和感が消えない言葉ですが）」を吸って隣人を刺した男が逮捕され、その際に男は「しぇしぇしぇのしぇー」などと意味不明の供述をした、という報道がありました。

このフレーズを先に取りあげたのはおそらくフジテレビ系のニュース番組だと思いますが、完全におもしろがってるよね。

薬物で精神に異常を来した人が犯罪を起こしたら、供述はふつう「意味不明」とされるだけで、具体的内容は説明されない。説明する必要もない。

でも、「しぇしぇしぇのしぇー」は報道されてしまいました。おもしろいからだ。間違いない。悔しいけど私もおもしろいと思ってしまった。

私は前作の『言葉尻とらえ隊』で、ニュース番組のあるテロップを不快だと書きました。「小6女児が、転落死。」と、テロップに句読点がついていたのです。句読点で余韻を残すことで事件はドラマ的になり、感動とか悲劇とかいう薄っぺらい被膜がほどこされ、現実から離れてしまう。最近はこういう「報道のドラマ化」が著しいように思います。

今回、ドラッグ中毒の男が包丁を持って女性を追い回した恐ろしい現実は、「しぇしぇしぇ」が取りあげられたことでドラマ化どころかコミカルなギャグ漫画と化してしまいました。おそらく、被害者が亡くなっていたら不謹慎だから取りあげられなかったはず。大惨事じゃなかったのをいいことに、この事件は最初からおもしろコンテンツとして提供されているのです。ドラッグの危険性はどこへやら。

もっと言うなら、制作者は大まじめなニュース中にこのフレーズをぶち込んで、女子アナに読み上げさせたときに笑いをこらえる様子を楽しむつもりだったんじゃないかと私は邪推しています。邪推というか確信に近いです。

2014/12/18

それな

今年からの新語２０１４

唐突ですが、20年前に流行った曲「ＤＡ．ＹＯ．ＮＥ」をご記憶でしょうか。男女の会話を「だよね」という言葉を多用してコミカルに描くヒップホップ曲。大流行し、関西弁の「ＳＯ．ＹＡ．ＮＡ」など方言での便乗版も作られました。

しかし、ずっと私は「だよね」と「そやな」はだいぶ違うのでは、と思っていた。「そやな」は、相手の言葉で初めて何かに気づいて同意するときの返事です。しかし「だよね」は、極端な例で言えば「寒くない？」「いや、むしろ暑い」「だよねー」……のように、本当は思っていなかったことを、さも元から思っていたように同意するときにも使える言葉で、「ＤＡ．ＹＯ．ＮＥ」の歌詞のおもしろさはそこにあるわけです。この独特の軽いノリは東京っぽい。だから、東京コトバ以外でこのノリの言葉はあまりないのでは？　と思っていたのです。

さて、今年もユーキャン新語・流行語大賞が発表される一方で、日本語学者の飯間浩明さんがアンケートを元に選考し、「今年からの新語2014」を発表していました。ちょっと前でいえば「超」「ガチ」のように、ハッキリとした発祥は不明でも新しく定着しつつある言葉を探すという面白い試み。一過性のものではなく、実際に周りで聞く言葉が選ばれるので、私としてはユーキャン主催のものよりしっくりくる「新語」です。

で、このランキングで第2位だった「それな」。元々関西方言だそうで、相手に同意するときに使われる。高校生や大学生が多用しているのは私もツイッターなどでよく見ました。

これを知ったとき、私は関西弁の「DA．YO．NE」はこれだよ！　と20年越しでスッキリしたのです。

「寒くない?」「いや暑い」「それな」。元から思ってたよ、というこのノリ。

東京ノリの言い回しが関西で生まれ、逆輸入されて全国的に広まるという現象はとても今っぽい。「それな」のチョイスに対して「それな！」と力を込めて言ってあげたい。

2014／12／25

2014お騒がせ炎上ベスト10

恒例の「今年の漢字」は「税」だそうですが、私は「謝」ではないかと思っていました。感謝ではなく、謝罪の謝。とにかく奇妙な謝罪会見が印象に残った1年でした。

今年のネット炎上はそれらにくらべると大人しめです。LINE詐欺*1や片山祐輔*2の再勾留などネットを舞台にしたニュースはありましたが、企業や個人にネット上で膨大な批判・罵倒が殺到したわけではないので、炎上とは呼べない。発端は個人のツイッターでも、早々にマスコミで報道されたために炎上という形にならなかったものもある（浦和レッズサポーターの人種差別的な横断幕など*3）。ということで、ちょっと小粒気味な10大ネット炎上、僭越ながら今年も独断と偏見でランキングつけます。

10位は、**津田大介の天ぷら炎上**（2月）。天ぷら油に引火したわけじゃないです。山梨の雪害の最中、安倍首相の予定が「赤坂の天ぷら屋で支援者らと会食」だったことを津田大介が軽くツイッターで批判したところ反論され、応戦して炎上。実はそれより前に三宅雪子ももっと叩かれやすそうな言葉で批判しているのだけど、こちらは本人が反応しなかったため大きな炎上には至らず。ネットは真摯に対応した者が貧乏くじを引く不条理な世界です。

9位は御嶽山関連の炎上（9月）。片山さつきは噴火が予測できなかったことを民主党の仕分け事業のせいであるかのように言いましたが、デマによる事実誤認だったので炎上（のち謝罪）。一方で江川紹子は「なぜ、御嶽山に自衛隊派遣なんだろ…」と呟き、専門知識を持つ軍事ブロガーから説明されても突っぱねてしまって炎上（のち釈明）。片山さつきは真偽不明なネットの情報をすぐ鵜呑みにしやすく、易燃性です。

8位はライター大宮冬洋のベビーカー炎上（10月）。彼は情報サイトに「ベビーカーは必需品とは言えない。だから、運搬を手助けしない日本男子を責めることはできない」（引用・一部略）などとまるで擁護しようのないコラムを書き、大炎上しました。著名ではないライター（失礼）の一記事でここまで燃えるってのはある意味で才能かも。フェミニズム的観点から炎上が起こったのも新鮮でした。

7位はペヤング炎上（12月）。ある日ツイッターに上げられた、お湯を入れる前のペヤング焼きそばの麺に完全にからまったゴキブリ。この衝撃的な写真はすぐに拡散されました。当初製造元のまるか食品は「混入は考えられない」などと言ったために、すぐに真偽不明の内部告発や別の混入情報などが集まり炎上。数日で商品回収となってしまいました。ゴキブリ混入麺を見ちゃったショックには同情するけど、食品衛生に関する話はいつも反応が神経質すぎる。

6位、中川翔子の保健所炎上（8月）。捨て猫を保健所へ持って行こうとした一般の女子大生を中川翔子がツイッター上で強く批判しました。すると彼女のファンもそれに加勢してしまい、女子大生はツイッターを退会。しかし、もともと女子大生は里親捜しに奔走した上で、譲渡会に出される前提で保健所に連れていくつもりだったのだ。中川翔子は叩かれ、炎上はなんと1か月以上続きました。彼女自身の言動よりも、彼女の唯一無二の立ち位置が易燃性なのかもしれない。

5位、コンビニ土下座炎上（9月）。これは正統派「バカッター」。店内で騒いだ男女に店員が怒ったところ、逆ギレした彼らは最終的に店員に土下座を強要。さらに彼らはその様子を自ら動画に撮りネットに公開するというバカっぷりで、当然大炎上。自主的なネット探偵たちは彼らの本名から職場から住所まですべて引きずり出してしまいました。結局彼らはしっかり有罪判決を受けたものの、第三者がネットでプライバシーを全部暴く私刑はただの部外者のストレス解消でしかなく、「祭り」を見てもどうにもやるせない。

4位、歌舞伎町明治大学生炎上（6月）。ある日、歌舞伎町の路上に女子大生ばかりが何人も昏倒している写真がツイッターに流れました。あまりの惨状、そして周囲にいる男子大学生は無事なことから女子だけがクスリを盛られたのではと憶測が流れ、自主ネット探偵たちは解析に走りました。結果、突っ立っている男子学生の服装からサークル名「明治大学・クライス」が暴かれ、炎上。同サークルは公式に廃部となりました。少々見せしめ的とはいえ、「スーパーフリー事件」の前例を考えれば廃部は妥当かな……。

3位、まんだらけ万引き犯写真炎上（8月）。25万円のおもちゃを盗まれた「まんだらけ」中野店が、一週間以内に返しに来ない場合は顔写真を公開するとネット上で警告しました。これは大きくニュースになりましたが、炎上という観点で見ると、まんだらけは「見せしめはひどい」という意味でバッシングを受けたのではない。むしろ、警視庁の要請で写真の公開を中止したことを批判されたのでした。このあたりは「私刑は正義」とするネットらしい現象です。結果として犯人が捕まったから良かったものの、私刑に走る傾向はどこでも広まりつつあるようです。

2位、どうして解散するんですか炎上（11月）。安倍首相の衆議院解散を批判する目的で、NPO法人「僕らの一歩が日本を変える。」の代表を務める大学生が小学生を装って「どうして解散するんですか？」なるサイトを作りました。しかしすぐになりすましだとバレて、ネット界隈では安倍支持層が強いため激しく炎上。この件は、小学生が作ったサイトにしてはデザインも完成度も「大人が小学生のために作ったもの」にしか見えないこと、バレたあとに先輩に当たる人物が実行犯（？）の大学生を叱咤するポエム調の文章を発表したことなど、そもそも政治主張以前に脱力しちゃう点が多かった。将来おそらくリベラル系の政治家を目指すであろう彼らがこんなに稚拙なのは残念すぎる。

そして今年の**1位**はこれ。**「殉愛」炎上**（11月）。やしきたかじんと妻さくらとの愛を描いた百田尚樹の「殉愛」は、テレビでも取り上げられてベストセラーとなりました。しかし、実の娘や元マネージャーを批判する内容、そして妻が財産目当てではないかという疑惑から、またも全国の自主ネット探偵たちは大量のネット情報を元に解析を開始。すぐに、過去に妻さくらが運営していたブログ「都会っ子、イタリア・カントリーサイドに嫁ぐ」が見つかってイタリア人男性との重婚疑惑が生じました。さらには筆跡を比較しているうちに、たかじん本人の手書きとされる文章に、あの年齢の関西人男性としては考えにくい書き違い（「ほんまに」を「本間に」と誤記）を発見するなど追及はヒートアップ。百田尚樹はさくらとイタリア人男性との結婚歴は認めたものの、重婚は否定して「一番おぞましい人間は誰か、真実はどこにあるか、すべて明らかになる」などと挑発的なことを次々ツイートしたため、ネット民をさらに刺激することに。騒ぎが始まってから1か月以上経ちますが、たかじん氏の娘も出版差し止めと損害賠償請求の裁判を起こしてますし、ネット上では「ネット界隈VS新聞・テレビ・雑誌」という構図が実態以上に演出されているので炎上はまだ収まりそうにない。文春さんとしては今後どう出るのか、野次馬として楽しみにしております。

2015／1／1・8

＊1　LINEを乗っ取って電子マネーの購入を持ちかけるなどサイバーな詐欺が流行。
＊2　4人が誤認逮捕されたPC遠隔操作事件の真犯人。
＊3「JAPANESE ONLY」と書かれた横断幕を日の丸とともに掲出、問題に。

は

助詞「は」の新用法

起源のはっきりした流行語ではなく、なんとなく流行《はや》っている言葉があります。助詞・助動詞レベルになるとまず流行りに気づきもしない。こういうものに気づいたときのうれしさったらない。

最近気づいたのは、助詞「は」の特殊な用法。助詞「は」から会話文を始める若者が増えているのです。

例えば「これは何?」「……は〜、○○です」。

いきなり助詞「は」から始まる。発音は「わ」なので、発音に忠実に書くと「っわ〜ぁ、○○です」という感じになります。「は」を伸ばし気味に、高めに言うのも特徴です。

この「は」の用法は、「新入社員のこんな言葉づかいを正したい」という相談として、すでに4年も前にヤフー知恵袋に載っています。私は気づくのが遅すぎた。4年間でこの用法はずいぶん広まってたみたい。

最近もテレビである芸能人が「○○さんと仲良くなったきっかけは何ですか?」と聞かれて「……は〜、二人で共演したときに〜」と「は」から答えていたし、ある力士も「今場所の調子はどうですか」と聞かれて「……は〜、まあ悪くなかったです」などと答えていました。前者は「きっかけ(は)」、後者は「調子(は)」という主語が略されているわけです。

この言い方、そもそも主語部分なしでも話が通じるものが多い。最初の例なら単に「○○です」と答えても問題ないのに、わざわざ不要な「は〜」をつけているのです。なぜか?

思うに、これは相手の言葉に寄り添おうとする「フェードイン」じゃなかろうか。例えば最初の例の「は〜」は、相手の「これ」という発語にフェードインする形の「(これ)は〜」です。このことで相手の会話に波長を合わせ、助詞一つでコミュニケーションをいっそう円滑にしようとする非常に高度な技ではないかと思うのです。

無意識に助詞の用法を増やすなんて、若者の日本語は超進化してる。

2015/1/15

彼氏より、もちろん笑いがほしい

ぐるナイ「おもしろ荘」1月1日

年始にぐるナイ「おもしろ荘」を見ておりました。

そこでは若手芸人がネタを披露するのですが、彼らは3組（3部屋）に分けられ、その一つが「なでしこルーム」なる女性芸人の部屋でした。

女性アナウンサーがその部屋をレポートすると、部屋のセットの中はピンクだらけ。まるで、昭和の時代のおままごと人形の部屋みたい。そこに「過半数の人が男性とおつきあいしたことがないピュアな乙女～」などという紹介が入る。その後、ネタを披露する順番になると「彼氏より、もちろん笑いがほしい」という煽り文句で女性芸人たちが登場する。

……げんなりである。まだこの世界はこうなのか、と。

いやもちろん、「モテない」とか「ブス」もネタの一つでしょう。それを笑うのが不謹慎とまでは言いません。コンプレックスが笑いになるのは承知の上です。

ただ、男性芸人は、個々がそういうネタをすることはあっても、全体が前提として「彼女より笑いがほしい」などという性的なイメージを押しつけられることはまずない。それに対し女性芸人は、部屋のインテリアから恋愛重視のスタンスまで、あまりにイメージの押しつけが強い。

こういうことを言うと、すぐに「お笑いにタブーはない、お笑いを分かってない」などと一段上から物を言う勢力が必ず登場するけど、いや、私はそれなりにお笑いを日常的に楽しみつつ、古いと言ってるんです。いい加減その笑いの手法から離れてくれないか、と。

ゲストの能年玲奈は「女性芸人の活躍に期待します」と言っていたわりに女性芸人コーナーで顔が固まっていたけど、あれはふだんの挙動不審さとは少し違い、思ったような方向性の活躍ではなかったことに困惑していたのだと思う。

2015/1/22

NON STYLE井上をいじれちゃう!

トークアプリ「755」CM

年始にこれでもかと大量に流れていた「７５５」のＣＭ。「例えば、ＡＫＢ48とも話せる時代になった。」などとぶち上げました。ライブ中にメンバーがケータイでファンとやりとりしている様子に「んなわきゃない」と全国民がつっこんだと思いますが、ライブ中のやりとりはともかく、「ＡＫＢ48とも話せる」のは元々ツイッターでもできることです。

ツイッターは決して有名人と会話するために作られたツールではありませんが、有名人にも気軽に話しかけることができるし、場合によってはそれに反応してくれる人もいる。そのため、有名人と会話するための便利なシステムだと目的を誤解して使う人が多いのも事実です。言ってみれば「有名人と話せる」というのはツイッターの副作用だったわけで、この副作用をメインの目的として打ち出しているのが「７５５」なのです（機能はもちろんツイッターより特化されていますが）。それをさも画期的なことのように打ち出し、まるで確実に返事がもらえるかのように誤解させるメッセージはどうかと思います。

まあそれでも、冒頭のAKBとか「例えば、ホリエモンに質問できる！」くらいのコピーはいい。しかし「例えば、NON STYLE井上をいじれちゃう！」はさすがに気味が悪い。

「いじる」は、テレビのバラエティとして面白いから成立している行為であって、見ず知らずの他人からからかわれるのは「いじる」ではないですよ。NON STYLE井上の寛容さ（あるいは多少のイメージ戦略）のおかげでテレビ以外の部分でも「いじる」がギリギリ成り立ってるのかもしれないけど、それを広告が堂々と許可したら、これから同じような立場のタレントは大変だよ。

赤の他人は、せめて「いじらせていただく」という気持ちでお願いしますよ。というか、いじらないのがいちばんいいです。

2015／1／29

閲覧ありがとうございました

万引き動画投稿の19歳少年が逮捕

イスラム国の件が緊迫するなか、岡田斗司夫*の愛人リストが流出したり、ツイッター有名人の「はるかぜちゃん」こと春名風花がツイッターをやめたりとネット上のチンケな騒ぎも多くて、すっかり「つまようじ少年」のことなど誰も気にしなくなってしまいました。パンやお菓子につまようじを混入したり、万引きをしたりする様子を動画に撮って配信し、少し騒ぎになると逃走する様子まで定期的に動画にしてUPしていた少年のことです（万引きは実際にはしていないという説も）。

私だって、事件としてはこんなもの話題にする必要もないと思っている。とても視野の狭い少年が、単に自分の知ってる範囲の手段で目立とうとしてやったこと。やっていること自体は微罪だし、テレビで報道したり大々的に警察が追ったりすること自体バカバカしい。

でも、ちょっとだけ彼に思いを馳せたくなったんです。

19歳（自称）にも関わらず「万引きで日本一になる」という極端に幼稚な目標を口にし、「（万引きは）超余裕！ 今年の流行語『超余裕』にしましょうよ」と小学生のような言葉遣いをし、「（逃亡先が）分からなすぎて困る。どこ行こう」などとひとりつぶやく舌足らずの彼。一世一代の大勝負なのでしょうが、客観的に見れば事件はあまりにも小さい。この子には変に行動力があっただけで、おそらくこんな燻った19歳は世の中にたくさんいる。

彼は、多数上げてきた動画の最後に必ず「閲覧ありがとうございました」ときちんと挨拶する。口調からしてあえて余裕ぶっている感じではなく、きっと挨拶しないと心地が悪いのだと思う。

幼稚ながらもどこか律儀な少年の性格がここに垣間見え、どうかこういう子が自信を持てる居場所を見つけられますように、と私は切実に思ってしまいました。

2015／2／5

＊愛人の「巨乳度」「床上手・名器度」などランク付けしたリストが出回り、騒動に。

阿炎

新十両力士の四股名

今回は大相撲の話題ですが、予想外に大きくなってしまった白鵬*の審判批判問題ではございません。

大相撲フリークの私は、新十両力士が誕生すると、どんな新四股名を名乗るのかいつも楽しみにしています。だいぶ前から気にしていた有望力士「堀切（本名）」も、次の春場所に十両に昇進することになり、私は新四股名の発表を心待ちにしていました。

彼の新四股名は、「阿炎《あび》」だった。

しつこいようだが私は大相撲フリークなので、由来はすぐ分かりました。

彼の師匠、元・寺尾（錣山親方）は幼少時に「アビ」という変わったあだ名だったのです。今回の命名はそれに因んだ、言わば「二代目襲名」にも近い形。音だけで聞くとだいぶ奇異な印象ですが、それだけ期待された弟子だと言うことです。

だから「アビ」という呼び名はとりあえずいいとして。問題は漢字です。

師匠の話によると「阿修羅のように強く、燃えて戦ってほしい」という願いも入っているらしいが、それにしても「炎」は「ほのお」であって、漢字字典を見ても「ひ／び」と読む例はない。字面からの連想とはいえ、かなり強引な当て字です。

実は幕下にはすでに、阿炎をはるかに越える「天空海《あくあ》」なる「キラキラ四股名」が存在します。伝統の相撲界も完全にヤンキーカルチャーの「キラキラ」に制圧される勢いです。

少し前にバルト三国エストニア出身の「把瑠都」もいましたが、これは出身地に因んだ読みやすい当て字なので、そこまで違和感はない。問題は漢字の持つ意味の幅を超えた無茶な読み方です。命名主の親方衆が漢字に造詣が深くないのは仕方ないけれど、せめて相撲界はキラキラ化を食い止められないものかね。

伝統とヤンキー感、案外近いところにあるからなあ。

2015／2／12

※2015年1月25日の優勝会見で、大関稀勢の里戦が審判からの物言いで取り直しとなったことに「〝疑惑の相撲〟がある。帰ってビデオを見たけど、もう子供が見ても分かる。なぜ取り直しにしたのか」と主張し、審判を批判。北の湖理事長から厳重注意を受けた。

堀越寶世

市川海老蔵がブログで改名発表

市川海老蔵が唐突に本名を変えたことを報告したと知り、久しぶりにブログを見てみました。市川海老蔵のブログは、時には月間900回以上に及ぶ異常な更新回数や独特すぎる文章表現が特徴で、かつてこの連載でも取りあげたことがあります。

今回の「改名」についての記事を抜粋すると……

「祖父は治雄、父は夏雄、私は、たかとし。感じ変えたの！　宝世と！　よろしくお願いします。難しく書くと堀越寶世です」

「弁当とそば…／堀越寶世のディナーっす！／堀越寶世／ちなみに占いとの人につけてもらったわけでなく己で笑／ほら、あることないこと言われちゃうかもだから…（略）今日から私は堀越寶世っす！　つまり、たかとし。変わらないのかよ！　笑」

打ち損じが複数あり（「感じ」はおそらく「漢字」の誤記）、妙にテンションが高くて文章がきわめて読みづらいのはいつものことですが、要するに、読みはそのままで「孝俊」から「寶世」に改名したこと、占い師に頼らず自ら改名したことを伝えたいのだと思われます（かつてある占い師に傾倒しているとスクープされたことを気にしているのでしょう）。

寶世で「たかとし」。読めないけれど、読み自体は珍奇なものではない、か。

私がこれですぐに思い出したのは、「花田虎上《まさる》」です。読み自体は平凡だけど、寶世以上に絶対に読めない「まさる」。

世の寶《たから》と、虎の上。読みの親しみやすさと、字面で人を圧倒する大仰さ。どちらも、どこか宗教性を帯びている。最近言われるキラキラネームとはちょっと方向性が異なります。

十分に有名になってから字だけ大袈裟に改名したこのタイプの名前、私は「教祖ネーム」と名づけたい。

次は清原和博の改名に期待しております。読みは「かずひろ」のままで。

2015／2／19

私が死ぬのを待って頂きたい

曾野綾子

曾野綾子が産経新聞に寄せたコラムで、いまどきアパルトヘイトを容認しているとして非難されました。「居住区だけは（人種を）分けて住む方がいい」と堂々と言い放ち、その根拠も黒人に対する偏見に満ちている。一分の理もありません。

さて、これについて荻上チキがラジオで本人にインタビューしていました。曾野綾子は、自主的に同民族が集まって住んだリトルトーキョーなど、自分が書いていたこととはまるで関係ない例を出し、撤回する意志はなく「差別ではなく区別」と言い張りました。

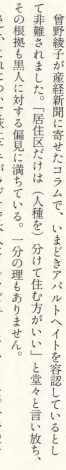

おそらく曾野綾子は心の底から「差別ではなく区別」と思ってしまっています。こういうパターンって、何を言っても話がかみ合わない。まるで洗脳を解く作業のようです。もし私がインタビュアーだったら、納得がいかないまま手詰まりを起こすと思う。

しかしここで荻上さん、曾野綾子を「物書きの大先輩ならご存知かと」などと軽く持ち上げながら、「差別」と「区別」の差について「実は差別者の側が意図的にというか狡猾に使うような場合もあってしまうわけですよね」と実に慎重な言いぶりで深く切り込んだのだ。なんてテクニカルなインタビュー術！

結果、曾野綾子から「私は私の言葉の使い方をし続けるだろうと思います。（略）ですから私が死ぬのを待って頂きたい」という開き直りの言葉を引き出した。

曾野綾子は自分が差別主義者であることは分かっていないけれど、自分が「どんなに間違いを指摘されようと、他人の意見なんか死ぬまで聞き入れない頑固者」であることは認めました。高齢の作家の凝り固まった考えをインタビュー一つで変えることは不可能だとしても、曾野綾子の狭量さを明らかにした点で荻上チキの言葉づかいはお見事でした。

2015／3／5

ぶちゃいく

よしもと男前ブサイクランキング2015

「よしもと男前／ブサイクランキング」って、毎年やってるんですよね。若手のお笑い芸人のファンは圧倒的に若い女の子が多いから、男前を決めるランキングはそりゃ盛り上がるでしょうね。その逆のブサイク側のランキングが盛り上がるのも分かります。

しかしそれに対して、女芸人の「べっぴん／ぶちゃいくランキング」って、どうなんだ。

ハリセンボンの近藤春菜が「ぶちゃいく」3年連続1位で殿堂入り、というニュースをポータルサイトで見かけて、どうも不快でモヤモヤする。

「容姿の劣る人をたださらし者にするなんて！」とかいう気持ちとも少し違う。

これは、「ぶちゃいく」という字面のせいだ。

なんで「ブス」でも「ブサイク」でもなく、ひらがなで「ぶちゃいく」なのか？

「ブス」は罵倒語として強すぎ、笑えなくなるから、という意図は理解できます。しかし、このランキング以外で「ぶちゃいく」なんて言葉は見たことがありません。似たような例で「デブ」という罵倒語を「ぽっちゃり」と言い換えることがあるけど、「ぶちゃいく」はただの幼児言葉で、小馬鹿にしている感すらあります。

試しに、「ぶちゃいく」という言葉の使用例をほかに検索したところ、トップに出てきたのはなんと福岡のデリヘルでした。

今や「ぽっちゃり」は性風俗業界で多用され、「性的対象になりうるデブ」という裏の意味を含んでいます。だから、「ぶちゃいく」にも同様に性的イメージがついてくるのだ。モヤモヤの原因はここだった。小馬鹿にしているうえに、性的対象として見ている匂いがするんだ。

こんな気持ち悪さを孕んだうえに、順位も特に意外性がなくつまらないので、べっぴん／ぶちゃいくランキングはやめたほうがいいです。断言する。とてもつまらないです。

2015／3／19

ViViの記事も後者の定義で作成しています

ViVi　4月号

女性誌「ViVi」の「〝プロ彼女〟だったらこうする！」という記事が物議を醸しております。

「プロ彼女を目指す（＝レベルの高い男と結婚する）には」として、「彼が料理にダメ出ししたら即謝って作り直す」「彼とのデートでは彼の三歩後ろを歩く」など、まるで召し使いのようにふるまうことを「可能なら実践して！」と推奨する内容。

えー、何を隠そう、この「プロ彼女」なる言葉を作ったのは私自身です。ラジオ番組などで話題にし、当連載でも似た内容を取り上げたことがあります。

問題の記事にも「能町みね子さんが『有名人のみと付き合う、一般女性という名の〝プロ彼女〟』と言ったのが始まり。が、その後（略）語意が変わり、西島秀俊さんの彼女に求める条件が（略）極端に厳しかったことから（略）これらをクリアした女性という意味に変わっていった。※ViViの記事も後者の定義で作成しています」と註釈までついている。

言うまでもないけど、私は皮肉で言っていたのです。今どき召し使いに徹して芸能人の妻という名誉や財産を手にするなんて「プロ」の女だ、と。

で、反則気味のことを白状しますが、この記事については実は私に取材依頼もあり、私はこの単語を褒め言葉として広める気はないので断ったのです。だから、あとで私に文句を言われないようにやたら定義が丁寧に書いてあるんでしょうね。

商標登録してるわけでもないから使うのは自由だけれど、皮肉な言葉が褒め言葉として使われているのはとても悔しい。「プロ彼女」の響きがキャッチーだから使いたかったんでしょうが、これじゃ私の生み出した言葉が古すぎる価値観の女を再生産することになってしまう。

定義についての丁寧な註釈も、「言葉は変わりゆくものだよね」と言っておけば許されるというような意識を感じるので不愉快ですよ！

2015／3／26

最近キレイをサボってる!?

ルミネ春のキャンペーン

ルミネが春のキャンペーンサイトにUPしたショートムービーがひどいと早々に炎上しております。こりゃあ数日で消される可能性も……と思ったらなんとこの原稿執筆中に謝罪&削除されてしまったので、詳細を説明してみます。

さえないOL（という役柄）の吉野さん。通勤時、出くわした男性上司に「顔疲れてんなぁ」「寝てそれ?」と嫌味を言われる。彼は、途中で会った華やかな同僚には「やっぱかわいいなあ」などと言うので、「そうですね、いい子だし」と話を合わせると「大丈夫だよ〜吉野とは需要が違うんだから」とさらに嫌味を言われる。そこで彼女は奮起する……というもの。

ここで上司をぶちのめすならまあ今時っぽい（?）のですが、吉野さんは職場で女性に対し露骨に容姿差別をするという古式ゆかしきセクハラ上司の言葉に疑問を持たず、「最近（女として）サボってた?」なんて焦っちゃう。「（需要とは）『職場の華』ではないという揶揄」という解説のテロップまで出て「女は仕事より容姿」という主張がダメ押しされるし、「最近キレイをサボってる!?」というコピーも化石のように古い。「働く女性たちを応援するスペシャルムービー」と銘打たれているのが皮肉に見えるほど、働く女性たちを打ちのめす要素に満ちた内容なのでした。

ただ、よく分からないのは、このサイトのメインとなっているのは女性2人のダンスユニットAyaBambiによる超かっこいいイメージムービーだということです。これこそストレートに女性を讃えるもので、まるで方向性が逆です。ショートムービーの存在自体に違和感があるのです。

このドラマをこじ入れたこと自体、まさにドラマ内の上司役のような人によるゴリ押しなんじゃないでしょうか。そして、批判されたら、臭いものには蓋で即削除。やりきれないなあ。

2015/4/2

もう少し相撲を勉強してもらいたいなあと思うような感じがしますけどね

白鵬

一月場所後に審判の批判をして大いに責められ、しっかり謝罪もせず一気にバッシングの対象になった白鵬ですが、またやらかした、と思いました。優勝した三月場所後の会見の記事に「変化じゃない！　皆さん相撲を勉強して」（デイリースポーツ）などと出ていたのです。14日目の稀勢の里戦の立ち合いが変化気味だったことを問われての返事。

私自身は、今場所の白鵬の相撲は粗暴な技や感情的になる場面がいつもよりも少なくてよかったと思っていました。件《くだん》の一戦を「変化」と見るかどうかは確かに主観によるけど、ただでさえ叩かれがちなときに尊大な態度でまた余計なことを！　と思いつつ、実際の会見を見てみると……ちょっと拍子抜けです。

白鵬は終始笑顔で受け答えしているじゃないか。

取り上げられたやりとりも、忠実に文字に起こすとこうなる。

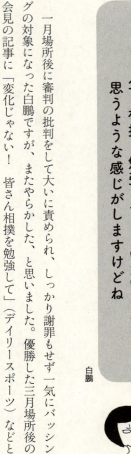

「自分の中では変化じゃないような感じがしますけどね」

「だから皆さんにはもう少し相撲を勉強してもらいたいなあと思うような感じがしますけどね」

「思うような感じ」。なんて遠回しな言い方！　白鵬の言葉は二重三重にオブラートに包まれた調子でした。「勉強してもらいたい」という部分も、笑いながら少しジョークっぽく言っている。

このまどろっこしい言い回しを再現したのは、見たところスポニチの記事「皆さんにもう少し相撲を勉強してもらいたいなと思うような感じです」だけ。ほかの報道はほぼオブラートを無理に剝がした書き方でした。

白鵬について批判したい部分があるのも分かるし、文章をある程度略さなきゃいけないのも分かるけど、いや、これでは取材での関係性もこじれますよ。話し言葉はできるだけ現場の雰囲気を再現したものに工夫してほしいもんです。

2015／4／9

いみじくも明日は、あの東日本大震災から丸4年目

上西小百合議員ブログ　3月10日

衆院本会議を欠席してヤクザみたいなガラの悪い話し方の彼氏（自らの秘書）と温泉旅行疑惑。取材には「事務所を通してください」と芸能人の恋愛スクープのような対応。麻雀でいえば数え役満となる要素を積み上げて、上西小百合議員が「裏・今年の顔」候補に颯爽と躍り出ました。去年だったら野々村議員や佐村河内氏の枠に入るような有望なルーキーが今年やっと現れましたね。

彼女のブログを読むと、例えば3月21日の冒頭部は「本日は全国的に晴れ間が見えており、皆様方におかれましては素晴らしい土曜日をお迎えのことではないかと存じ上げます」と、ふざけてるのかと思うほど堅苦しいご挨拶から始まる。ブログでこんな調子の人はなかなかいません。

本文は毎回そこそこの長文で、一見して漢字の割合がかなり多く、内容はやはり堅苦しいうえに何のおもしろみもなく、読んでてうんざりしてきます。このブログを愛読す

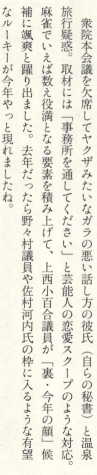

る人は皆無でしょう。あまりの堅苦しさに当初私は代筆を疑いましたが、本人が背伸びして書いていると考えたらいちばんしっくりきました。代筆だとしたら文章がヘタすぎる。

有権者に向けて発信するつもりがある政治家は、もっと読みやすく親しみやすい文章にするものです。彼女のブログからはその程度の文章力も見えない。政治家として、漢字がいっぱいで頭のよさげな文章を書かなければならないという気持ちしか見えません。

3月10日には「いみじくも明日は、あの東日本大震災から丸4年目」なんて書いちゃってます。「いみじくも」というクレバーそうな単語に惹かれ、見事に誤用しているのです。ちなみに、「いみじくも」は本来「(言葉づかいなどが)巧みにも」という意味。

彼女、国語力には相当自信がないと思う。正式な会見なんて、本当は人一倍避けたいだろうなあ。

2015/4/16

Dramatic LOVE

内山麿我ブログ

「浜崎あゆみの彼氏」として有名になったダンサーの内山麿我《まろか》がなんと渋谷区議会議員に立候補。

熱愛＆前妻との離婚騒ぎが起こった当時、私は彼を前作で取りあげました。ブログのタイトルはよく覚えている。「世の中『愛』deオールオッケー」。最高に薄っぺらくてチャラかった。

政治家を目指し始めたいま（執筆時）改めてブログを見てみると、選挙期間中ということで選挙活動に対する熱意や悩みなどの記事が増えています。しかし、「若者の意識が変わらなければこの国は変わらない」などという熱い（けど、月並みな）言葉はあるものの、政策についてはあまり記述がありません。政界に興味を持ったきっかけもいまいち分からない。立候補表明以前は政治の話もごく数回。ＳＮＳをいくつもやっていながら、彼の具体的政策は選挙公報以外ではほぼ分かりません。

さらに彼のブログをさかのぼってみると、唐突に政治家が登場。この頃にはもう政界進出を考えていたのか、去年11月、彼は浜田靖一（衆議院議員・自民党）に会っているのです。しかし経緯については説明がなく、「農園関係の話」をした、とだけある（彼は和歌山で「まろ農園」なる完全無農薬を謳う農園を経営している）。結局今回は無所属で出馬しているし、関係性はまったくの謎です。

そのほか、「まろ農園」や本人の公式サイトでもことごとく説明が足りない。いろいろ読む限り、彼の文章表現は熱いけれど、発信スキルはかなり低い。冷静に丁寧に文章を書きがちな政治家とは好対照だし、意欲だけは旺盛だけど、いくらなんでもすべてが説明不足で謎だらけです。さすがに愛があればオッケーとはいきません。

と思ったら、ブログタイトルはいつの間にか「Dramatic LOVE」と重めのものに変わっていました。意図は不明だけど、これは彼なりの政界仕様なのかも……。

2015／5／7・14

やっちまった〜!!

吉川流光フェイスブック

萩原流行が事故で亡くなり、彼がかわいがっていたという俳優の吉河龍が、萩原流行の「流」と、萩原光男（本名）の「光」をもらって「吉川流《りゅう》光」と改名することが発表されました。しかも、妻・萩原まゆ美の口からは「彼を応援することを生き甲斐にしたい」という言葉が。

……唐突な印象が否めません。

吉川流光（吉河龍）という人は、ブログにここ1か月でコメントが一度もついていないほど無名です。萩原流行の知人が「かわいがっている俳優がいるなんて初めて知った」と語った、という報道もあります。

吉川氏が自身の改名について報告したのは、公式ブログよりもフェイスブックのほうが早い。4月25日に彼は「本日から吉川流光と改名致しました。理由は後ほど／Facebookの名前の《ママ》間違った！　60日間は名前変更出来ないって／やっちまった〜!!」

とテンション高く記しています（彼のフェイスブックの名義は現在「吉河流光」となっている。「間違った」のはこの字のことと思われる）。

その1日後。同じくフェイスブックに「4月25日14時30分荼毘に付されました。その事実はちゃんと受け止めています。そして光栄な事に、彼から名前を頂く事になり改名することを、ここに報告致します」と改名理由を説明。

しかし、この記事ですら彼は萩原流行という名を不自然なまでに出していない。以降、この件に関する記事は一つもない。

最初の改名についての報告は妙に浮かれていて、故人に対する気持ちはまるで見えません。仮に、何らかの理由で萩原流行の名を隠す必要があったとしても、かつての師匠が荼毘に付された日にこんな文章を書けるだろうか。

彼の情報は少なく、人格などはこれ以上分からないけれど、故人の与り知らぬところでこんな意識の人に名前が譲られてしまうなんて。やりきれないね。

2015／5／28

警察手帳の提示要求したがなにも答えない。助けて

ドローン飛行示唆容疑で逮捕された少年のツイッター

ドローン規制の動きが加速する中、ドローンを善光寺で飛ばしたり、三社《さんじゃ》祭で飛ばすことをほのめかしたりしていたお騒がせ少年がついに逮捕されてしまいました。

彼はまだ15歳。自称「中学中退」で、「配信業」を名乗っており、警官に声をかけられる様子なども含めてあらゆる模様を動画で「生配信」しています。アクセス数に応じて得られる広告料などで生計を立てたいらしい。

彼が今まで上げた大量の動画を見てみると、彼はドローンを注意してくる何人もの警察官にいつも一人で屁理屈を並べて反抗しています。童顔で声も高く、年齢以上に幼く見える彼の反抗は勇ましいと言えば勇ましい。しかし特段の主張はなく、ただ闇雲に反抗・挑発をしているだけです。

彼はまだ実家暮らしで、家での配信の様子はさらに幼く見えます。お母さんにモニターを取り上げられ、怒り、興奮して絶叫し、野々村議員以上に大号泣して一人で物に当

警察手帳の提示要求したがなにも答えない。助けて

たる様子まで配信しているのです。まるで幼稚園児のようなダダのこね方。ふつうだったら恥ずかしくて人に見せられたものではありません。

ドローンなんてきっと本当はどうでもいいのだ。「目立ちたい」の域すら超えている。身体を傷つけていないだけで、これはネット配信という新しい形での自傷行為です。はっきりいって、医療が介入すべき段階に見えます。

彼は警察に連行される際、「この人たちが警官かどうか定かではない。警察手帳の提示要求したがなにも答えない。助けて」とツイートしています。彼としては警察の横暴に対する揶揄のつもりなんだろうけど、徒党を組む仲間もいず、精神的にも幼く、小柄でおそらくかなり非力な彼が複数の警官に囲まれて責められるなんて本当はとても怖いと思うんです。

最後の「助けて」は本音に違いない。救われてほしい……。

2015/6/4

映画化タイトル

GAMBA ガンバと仲間たち

秋に公開される3D映画の「GAMBA ガンバと仲間たち」というタイトルがすごく嫌だ、と感じたことについて理由を考えてみた。

世間ではアニメ版「ガンバの冒険」とイメージが違うということで話題にのぼっているようだけど、今回の映画の原作は児童文学「冒険者たち・ガンバと15ひきの仲間」のほうだから、イメージの違いについては別にどうでもいい。問題はタイトルです。

この作品の制作会社「白組」の関連作品を掘ってみたら、いやー、似たのがたくさん見つかりましたよ。

「ALWAYS 三丁目の夕日」「BALLAD 名もなき恋のうた」「SPACE BATTLESHIP ヤマト」「friends もののけ島のナキ」「STAND BY ME ドラえもん」……ああ、この感じだ。英語（バババーン！）＋日本語（しっとり）の組み合わせが嫌なんだ！

別に英語をタイトルにするのが嫌なわけじゃない。でも、これらの白組作品のタイトルは、簡単な英単語を決してカタカナにはせず先に出し、それだけじゃ全然説明しきれない分を日本語で付け足しているという構造なので、ただただカッコよさのためだけに英語を使っているように見えるのだ。いまだに「日本語より英語のほうがカッコいい」という意識なのかと思っちゃいます。「GAMBA～」に至っては日本語でもう1回「ガンバ」って言っちゃってるし。

この「簡単な英単語＋説明日本語」の題、ほかの作品にもいくらでも応用できそう。では試しに、既存の大ヒット邦画をいくつかこのパターンに変えてみましょう。

「LAPUTA 天空の城」「TSURIBAKA 釣りバカ日誌」「TORA 男はつらいよ」「HACHI 約束の犬」……ほらほら！ なんかカッコつけすぎて逆にダサいでしょ！

あ、スイマセン。最後に入れ込んだ「HACHI」は洋画でしたね。このタイトルパターン、洋画の邦訳っぽさを気取った感じだからそこも癪に障るんだな。

2015／7／2

かねてよりお付き合い

眞鍋かをりブログ　6月26日

眞鍋かをりが結婚、ということで、その件についての本人のブログ記事を読んでみたところ、個性を完全に押し殺したような完璧な文章だったことをご報告いたします。曰く、「かねてよりお付き合い」していた吉井和哉と結婚し「新しい命を授かって」おり、「温かく見守っていただけると嬉しいです」とのこと。記事のタイトルが「ご報告」ではないことだけが典型例から外れているものの、すべての文が擦り切れるほど使われた言い回しで構成された文章でした（芸能人ブログでの「ご報告」はだいたい結婚か妊娠である）。

考えてみれば「かねてよりお付き合い」という言葉づかい、芸能人の結婚報告以外ではほぼ聞いたことがない……と思って「かねてよりお付き合い」という言葉で検索してみると、ボロボロと芸能人のご報告文が出てきました。以前にもここで取り上げた西島秀俊、そして平井理央、小栗旬＆山田優、荒川静香、内田篤人、三浦大知……みんな

「かねてより」付き合っている。「以前からお付き合い」に変えて検索すると、有名人の結婚報告文は多少出てくるものの、知名度では格段に落ちるのです。

ついでに、「新しい命を授かりました」で検索すると、ｙｕｉ、内村航平、あびる優、後藤真希などが授かりまくっていることが分かります。「大事な命を〜」などに変えると実例が少なくなります。

芸能人の「ご報告文」の形がこんなに固まっているということは、私情を挟まない結婚報告テンプレート文章がどこかに常備されているのかもしれない。

ラストの「温かく見守っていただけると嬉しい」に至っては結婚・妊娠とは直接関係ない言葉なのに、検索すると絢香＆水嶋ヒロ、安めぐみ、田中圭らがみんな結婚・妊娠して見守られたがっているのが発見できる。前例を踏襲しすぎ！

2015／7／9

よさある

若者による名詞化

現役の学生と話す機会が少なくなり、個人的に最新の流行語のサンプルが拾いづらくなってきました。最近大学生と話す機会があったので前のめりになっていま流行っている言葉づかいを聞いたところ、「よさある」というすばらしい例を教えてもらいました。

意味としては単に「よい」と変わらない。「『良さ』がある」と、わざわざ名詞にしてみただけのようです。生きた言葉を探すのに最適のツールであるツイッターで検索してみると「アイマスカラオケよさある」「おっぱいリグよさある」……説明もなく、よく分からない単語とともに「よさある」がたくさん出てきます。こんな用法、いかにも若い世代の表現です。

しかし「津和野よさある…行きたいな」という素朴な使い方や「どーでもよさある」などという応用表現も垣間見えます。かなり広く使われているのは間違いありません。

上級表現は「よさしかない」。これも検索すると「唯ちゃんのアクエリオンが聴けるとは思わんかった…よさしかない」「エモちゃんよさしかない」といった内輪感のある言い回しから、「久々のインスタント味噌汁、よさしかない」という素朴な例、「カッコよさしかない」という応用例まで見える。意味は「とてもよい」とほぼ変わらない。

元々数年前から、「なさげ」「つらみ（≒つらさ。この「み」も研究の余地あり）」など、接尾辞によって形容詞を名詞化するのは若い世代で流行していたのですが、ついに「良い」も名詞化の波に乗った。良いか悪いか、本来主観的に白黒つけるべきところを、良さのあるなしで量的に語るという遠慮ぶり。感情をストレートに出さず、婉曲にして客観的視点を装う高度な言語表現だと思う。

本当の流行語は、こういう出どころ不明のところに現れます。今後も若者のツイッターなどに目を光らせていきたい次第。

2015／7／16

生徒殺人学校・教育殺人

尾木ママブログ　7月8日

尾木直樹がブログで、*いじめ自殺が起こった岩手の中学校をこう書いていました。

まず、教育評論家が、現存する公立の中学校をこんな乱暴な言葉で罵倒するのが信じられません。事件に対する怒りは分かるけれど、その感情をこんな幼稚な言葉で表現しないと気が済まない人だとは。今も在籍する多くの生徒はどう思うんだろう。

尾木直樹は校長や担任教師を激しく批判していますが、大多数の世論は尾木氏と同調しているようです。特に、「生活記録ノート」というしっかりとした記録が残っていたため、ノートへの対応が不適切だった担任はまるで主犯であるかのように大バッシングを受けています。ネット検索で「矢巾（事件が起こった地名）」と打つと、関連ワードの先頭は「担任」。これでは個人名の特定も時間の問題です。

しかし、これはいじめ事件なので、確実に加害者がいて、誰より悪いのは加害生徒たちや親です。たまたま分かりやすい「証拠」があった担任を袋叩きにするのは、結局いじめの構図と変わらない。

読売新聞によると、担任は生徒から慕われており、被害者も泣きながら相談するほど信頼していたらしい。また、担任はいじめた生徒を何度も叱っていたとの証言もあります。そして、生徒全員の「ノート」に毎日のようにコメントを返していたのも事実。これらは全部打ち消され、ノートに残ったいくつかの素っ気ないコメントだけで彼女の全人格は否定されています。

尾木直樹は「これは教育殺人」とまで言っているけど、彼は事件全体を見る前に、表面に浮かんだ責めやすい人をとりあえず叩きまくっているように見えます。これは単に、自分の憤りを晴らすための行為。もしこんな追い詰め方をして担任が自殺してしまったら、彼はそれを何殺人と呼ぶのだろうね。

2015/7/23

＊2015年7月5日、「生活記録ノート」にいじめに対する苦悩を書いて担任に訴えていた中2男子が自殺、社会問題に。

オワハラ

2016年卒就活生

「就活終われハラスメント」略して「オワハラ」は、今年の流行語としてエントリーしそうな勢いです。企業が内定者に対し、就職活動を終わらせて他企業を受けないように圧力をかける行為のこと。経団連の指針変更で就活のスケジュールが変わったため、今年はこのオワハラが横行しているそうです。

しかし、この言葉を知ったとき、私は「こんな問題があるのか」ではなく「この行為に名前がついたのか」と思いました。

就職氷河期だった私の世代（大学卒業2001年）ですらこの手の行為の噂を聞いたことがあるし、売り手市場のバブル期は言うに及ばずだと思うので、オワハラにはおそらく30年以上の歴史があるはず。単に名前がなかっただけでしょう。

「オワハラ」という言葉が画期的なのは、セクハラから始まってパワハラ・モラハラなども定着し、かなり浸透した「ハラ（スメント）界」に、ついに日本語とくっつくものが登場したということです。

「ハラスメント」の辞書的な意味は単なる「嫌がらせ」ですが、もう少し感覚的に言うならば「その行為をする本人は大した罪だとは思っていない（場合によっては正当なことだと思っている）、権力や地位の差を利用して行う威圧的な嫌がらせ」というイメージがあります。オワハラはこの感覚にぴったり当てはまり、しかも「就活を終わらせる」という行為にしっくりくるポピュラーな英語はなかった。その結果、長い「ハラ史」についに日本語がスッと食い込んだのです。

流行語には、それ自体が新しいものと、既存の現象をひとくくりにして名前をつけ新たに認識させるパターンのものがありますが、私は後者を高く評価しています。

就活中の圧力が「ハラスメント」だと気づいた人、しかも思い切って日本語と組み合わせちゃった人、私は貴方の眼力がうらやましい。

2015／8／6

マレーグマ「ウッチー」天国へ

読売新聞　7月28日

これは、札幌市円山動物園の雌のマレーグマ（推定30歳以上）が死んだという読売新聞（オンライン版）の記事タイトルです。

試しに「天国へ」で記事を検索すると、ほとんどが動物関連のニュース。人間の訃報（第一報）で「天国へ」という表現はあまり使わないようですが、動物については、悲しいニュースでもどこかほのぼのした「天国へ」という表現が使われるんでしょう。

しかしこのニュースは、動物好きの人たちから大きく非難されているようです。

死んだウッチーは高齢ですでに繁殖能力がなく、5歳の雄「ウメキチ」とも当初から仲が悪かったにもかかわらず、ウメキチの性成熟に伴って5度も同居させる訓練が行われていたこと、そのせいでウッチーは執拗に攻撃されていたことなど、確かに疑問点は多い。

きわめつけは死亡前日の様子。ウッチーはウメキチに激しく攻撃されて全身傷だらけで出血しており、苦しそうにあえいでいる。このショッキングな模様はなんとごくふつうに一般公開されていたらしく、お客さんがアップしたYouTubeの動画で判明しています。こんな状態にもかかわらず飼育員は特に治療せず放置し、翌朝ウッチーは死亡。死因は「肋骨が折れて内臓を損傷したこと」となっていて、公式発表では「クマ同士の争いか、高いところから落ちた」とされているけれど、素人目には前者の可能性のほうがはるかに高いように思えます。

動物園の飼育環境などが大きく問われる問題であるにも関わらず、「天国へ」では大事な部分がごまかされてしまう。

動物を「亡くなる」と尊敬語で扱うのは変だけど、「死ぬ」ではあまりにぶっきらぼう、ということで「天国へ」というやんわりした表現が使われているんでしょうが、そのことで隠れてしまう現実もあります。

2015/8/13

電話de詐欺

千葉県警の特殊詐欺新名称

「オレオレ詐欺」が「振り込め詐欺」になり、さらに「母さん助けて詐欺」になったところまで私は追っていました。オレオレ詐欺・命名史。

しかし「母さん助けて詐欺」はあくまでも警視庁、つまり東京都を管轄する警察が言い出したもの。他県では別途名前を公募していたなんて知らなかった。今回千葉県警は「電話de詐欺」に決めたらしい。

電話という手段に限定しちゃってるし、何より「de」が80年代のCMみたいで、レトロ。口に出すのも恥ずかしい。通信会社の新サービスみたいです。さすが警察、見事にピント外れなラインを狙ってくるね！　と思ったら、これを応募したのは小6と中1の女の子らしい。ああ分かるよ、英語を知りたてのときは意味もなく日本語の途中に「but…」とか入れたくなるよね。あの感じなのね。

他の県警による新名称を見てみると、人情つけ込み詐欺（三重）、平成つけこみ詐欺

（山形）——このあたりは80年代調よりさらに古いイメージで、浪曲調である。

さらに、ほだな話嘘だべ詐欺（これも山形）、もうかるちゃ詐欺（富山）、いけん！送るな渡すな詐欺（岡山）……このあたりになると方言を使うのが第一という感じ。並べてみたら郷土の盆踊りみたいになってきた。

しかし。「電話de詐欺」をはじめとしたリストを最初に見たときは「なんて時代遅れなネーミングセンス！」と思ったけれど、考えてみれば詐欺に遭うのは言わば「時代遅れ」の人たちなのだ。これだけこの手の詐欺が騒がれているのに、気づきもしない人たちが実際にいるから被害に遭うのだ。

だから、むしろこのセンスこそが被害者予備軍に届くはず。ダサい命名、大歓迎。各県はりきってダサい名前を考えてほしいです。これは皮肉じゃないよ。

2015／8／27

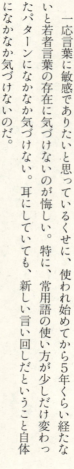

明らか

若者言葉

一応言葉に敏感でありたいと思っているくせに、使われ始めてから5年くらい経たないと若者言葉の存在に気づけないのが悔しい。特に、常用語の使い方が少しだけ変わったパターンになかなか気づけない。耳にしていても、新しい言い回しだということ自体になかなか気づけないのだ。

ということで、今年になってやっと気づいたのは「明らか」という言葉。最近の若者言葉では「明らかに」の「に」を抜いて「明らかやばい」「昨日より明らか寒い」などと言うのです。

口頭では平板発音（イントネーションは「じゃがいも」と同じ）。試しに「明らかやばい」「明らか多い」などで検索すると、ネット上ではすでに千件単位で見つかる言葉になっています。

今回調べたところ、09年にはすでにヤフー知恵袋でこの言葉遣いについて質問が出ている。おそらくこの頃から使われはじめ、定着してきたのはここ数年でしょう。「明らか（に）」は、大ざっぱに分ければ、若者言葉の代表格ともいえる「超」と同様、強調の言葉として使われています。最近の若者言葉は主観よりも客観と共感を重視するので、たとえば主観的な「信じられない」よりも客観的な「ありえない」が好まれる。「明らか」が流行るのも明らかこの流れだと思う（一応使ってみた）。

「に」が落ちる理由については平板発音にしたときのリズムの問題なのかな、としか推測できないのですが、「やたら（に）」「ひたすら（に）」なども元々あった「に」が欠落した例だそうで、言語史的には別に珍しいことでもなさそうです。私たちは常に言葉が変化する過渡期を体験できているのです。

「明らか」ほど普及していないけど「最高」なども「に」が抜け始めていて（例：「最高カッコいい」など）、今後「に抜き言葉」は要観察！

2015／9／10

事実無根。そんな趣味はない

武藤貴也議員

武藤議員、あー、言っちゃったね。という感じ。非公開の支持者向け説明会で、議員宿舎で未成年男性に金銭を支払って性的関係を持ったこと（文春のスクープですね）について「事実無根。そんな趣味はない」と言ったそうで。

あえてあけすけに言うけれど、同性愛など性指向の話題については特に議員は非常に気を遣わないといけません。仮にこの報道がガセで、武藤議員が同性愛を嫌悪する人間だったとしても、「そんな趣味はない」なんて絶対言っちゃダメです。同性愛を「趣味」と呼ぶのは、「矯正可能」とか「気の迷い」などと考えるのにも似ていて、ものすごく時代遅れで侮蔑的です。完全にアウト。

ただ、はっきり言って、性指向が話題になった時点で私はこういう失言を待っていたところがある。こういうとき、本人の時代錯誤的な考えが露骨に出るのだ。毎回この手の話題で失言しかしない石原慎太郎元都知事のように。

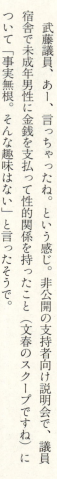

その一方で、報道する側も、「この人がゲイでした」と勝手にバラす、いわゆる「アウティング」をするのはダメです。

性指向自体は自由だから別に責められるいわれはありません。この点で文春の報道はちょっと危ういのだけど、あくまでもトピックを「未成年・金銭授受・議員宿舎内」という点にしぼり、モラルとして問題にしている。それが結果として「えっゲイだったんだ！」という観点で受け取られても知ったこっちゃない、という立場です。これは、ズルい。でも、ギリギリセーフになるラインだと私は思った。むしろ、こういう文春のグレーな立ち居振る舞いのほうがとても議員的だと思う。

「そんな趣味」という失言は報道の文章内にあったものなので、もしかしたら本当の発言は違うのかもしれない。しかし、正しく伝わらないのも説明会を非公開にしてしまったせいです。とにかく議員としてスマートさが全くない印象です。

2015/9/17

恐るべしコメント力

日刊スポーツ　9月8日

何気なくウェブニュースを読んでいたときに飛び込んできた違和感。

「かわいすぎる子役、寺田心7歳／恐るべしコメント力」。日刊スポーツの記事タイトルでした。

「恐るべき」だろう。

「恐るべし」は後に言葉が続かない終止形。「恐るべき」は後に名詞が続く連体形。よくある「日本語の変化」でもなく、誤用が定着した例でもなく、これは今の段階ではただ単に間違いです。スポーツ紙とはいえ、全国版の新聞がこの程度の日本語の間違いをチェックできないってのはゾッとしちゃうね。

　さて、試しに日刊スポーツの別の記事で「恐るべし」がどう使われているかチェックしてみました。

「〜の映像、恐るべし！」「制服の力恐るべし！」「今年も能見は恐るべし！」「恐るべしゆとり世代」

どれも誤用ではなかった。冒頭のような誤用がまかり通っていなくてホッとしたけど、「恐るべし」という言葉は案外使い方が難しいようです。

文末で「~恐るべし!」と来る場合は何の問題もないけれど、「恐るべしゆとり世代」の場合は、本来「ゆとり世代、恐るべし」とするところを倒置して強調している形。

こうなると、「恐るべき」との差が分かりづらくなってくる。しかし、冒頭の例をひっくり返して「コメント力、恐るべし」では少し変です。一般名詞としての「コメント力」なるものが恐ろしいわけじゃないのだから、「そのコメント力、恐るべし」などと限定して、その本人が特別すごいという強調をしないとこの文は成り立ちません。

……うーん、誤用ははっきりしているのだけど、誤用した人に説明して理解してもらうのは難しそう。この誤用はいずれ定着する予感がします。そのうち「その恐るべし実態を明らかに!」なんて言い回しまで横行しそう。新聞記者の方々はこの間違いを感覚レベルで分かる人であってほしいです。

2015/9/24

お前なんかいらないよ。と言われても

北斗晶ブログ　9月23日

病院のベッドの上で書いたという、乳癌を告白する北斗晶のブログ記事はたいへんな名文です！

病気が発見された経緯と今の素直な不安、家族への思い、仕事への非常に真摯なスタンス。すべてが冷静に細かく記されていて、彼女が多くの人から信頼され、仕事がたくさん舞い込むのも当然だと思いました。

しかし、文章の最後がちょっとさみしい。

「必ず戻ると、現時点では約束はできませんが…／お前なんかいらないよ。と言われても…／テレビ業界に、私みたいな口が悪くて下品で品のないブスなオバちゃんも必要だと思ってるので。／今は、「またね！」と言わせてください」

「お前なんかいらないよ」なんて心ない言葉をぶつける人のことなんてわざわざ予見しなくていいのに……。

でも、書かなきゃ気が済まない思いになるんだろうな。

復帰についての不安から弱気になっているせいもあるだろうけど、それ以上に、テレビの露出が多いために批判的な意見や無責任な罵倒に近いものが日頃から本人の耳に入ってしまっていて、それを見越して自己防衛本能が働いてしまうんでしょう。北斗さんは「鬼嫁」として乱暴な言葉を使うことも多いので、それにいちいちチクチクと苦情を言うような人がゴロゴロいると思われる。

こんな卑屈なことはできれば書かないでほしかった。テレビに出演して、自分の個性を生かした「仕事」としての言動を全うしている人に対し、そんなことを言わせてしまう浅薄な視聴者が憎い。

「口が悪くて下品なオバちゃん」くらいの自嘲はいいとしても、こんなに親しまれて活躍している方なのだから、誇らしい気持ちを前面に出してかまわないはず。胸を張って戻ってこられることを期待しております。

2015／10／8

いい息子さんを持ちましたね

NHK「ファミリーヒストリー」10月9日

少し時間が経ったけどどうしても取り上げたいのが、ＮＨＫ「ファミリーヒストリー」はるな愛の回で最後にスタッフからはるな愛の母にかけられた言葉。「いい息子さんを持ちましたね」。それに「娘です」と即答する母。

色々あった母と子がいま理解しあい助けあっている、ということを端的に示した瞬間なんでしょうね。お母さんははるな愛を「娘」として認めていますよ、と。感動のラストですかね。まあ分かりますよ、理屈では。

しかし、私は一気に興ざめしました。ひどく後味の悪い回だと思いました。

元々私はこの番組が好きなのです。ＮＨＫの凄まじい取材力で、著名人の先祖や本人の知らない親族の歴史をたどっていくさまは見ものだと思います。でも、はるな愛の回は、はるな愛本人と両親とのエピソードなど、本人が元々知っていることに多くの時間が割かれていて、その時点でちょっと微妙な回だと感じていました。最後の問いかけはとどめの一言でした。

元・息子を娘と認められるかどうか。親側は当然深く悩む。しかし今、特に電波に乗る状態で「息子さん」と言われたら「娘です」と訂正しなければいけない。たとえまだどこか割り切れない点があろうとも、我が子のためにはその選択肢しかないのです。

当然スタッフはそう答えると分かってこの意地悪い問いを投げかけているんだろうけど、はるな愛をドキュメンタリーで取り上げながら、取材側が最後までわざわざ息子（＝男）と呼びつづけることは配慮に欠けていて胸糞が悪い。

そして、後日その模様を見るはるな愛。なかば強制的に、母が自分のことを娘だと認めさせられている様子を見なきゃいけないのだ。

こんな言葉で単純に「お母さんと分かりあえた」なんて感激できるわけないでしょう。視聴者に対してもずいぶん安っぽい感動を狙ったものだと思います。

2015/11/12

ゲストのお二人もありがとうございました

大澤千恵子市議ブログ

「裏・今年の顔」の一人、上西小百合議員がまだまだ元気。某イベントで自分が嫌われる理由を「見た目ですかね」なんて言ってまた炎上しているようなので、文章の堅苦しさでおなじみの彼女のブログを久しぶりに見てみました。

まずは彼女が出演した「ロンドンハーツ」に関する記事。細部に彼女の精神が宿っていて楽しい。

「地元での活動を終えた休日の深夜の収録でしたから、移動の慌ただしさに目が回りそうでしたが、最近、メディアに出演させて頂くようになり、若い世代の皆様が私を身近に感じるということで色々なご意見を寄せて下さるようになりました」

多忙さの念入りなアピール。さらには「私を身近に感じる」――すなわち自分自身を身近ではない高みにいる存在だとする無意識な自覚。徹底している。

また、最近彼女は大澤千恵子氏という市議会議員が主催するハロウィンパーティーに招かれたようで、楽しく仮装している様子が写っています。地元の子供たちが参加する素朴なものだったようですが、場所や会の詳細は何も書かれていません。しかし、大澤氏の立場については文章中で「市議会議員、虐待防止アドバイザー、食育コミュニケーター、子育てアドバイザー、家庭サポーター」と5つも並べられています。自分のことでも他人のことでも、とにかく肩書きは好きなんだなあ。

で、いまこの時期に上西議員を招く大澤議員とは何者なのか。大澤氏のブログを見てみると、パーティーの記事があり、上西氏の写真も載っていました。

しかしなんと、上西氏の名前は載っていない！「ゲストのお二人もありがとうございました」としか書かれていない（もう一人は誰なんだ？）。

市議のブログに名前を載せてもらえない国会議員って……。謙虚にいこうね、サユリン。

2015／11／19

I am not ABE／アベ政治を許さない 等

2015ユーキャン新語・流行語大賞ノミネート

今年も「ユーキャン新語・流行語大賞」の50語のノミネートが発表されましたが、なんと私が考案した言葉が入っています！「プロ彼女」。

これの生みの親は私だー！　ワシのやワシのや！

しつこく言っておきたいのは、この言葉が最近妙に濾過されて、皮肉な要素を取り除いて使われている例が多く、不満だからです！

ま、さすがに十傑には入らないだろうし、この言葉で誰かが表彰されることもないでしょう。いい思い出になりました。

さて、自分のことをひととおり叫んだあとで候補を眺めてみると、今年はやけに政治がらみの単語が目につきます。しかも、露骨に安倍政権を批判しているものがいくつも。「I am not ABE」「アベ政治を許さない」なんてそのまんまだし、「早く質問しろよ」は首相のヤジ。SEALDsは確かに流行ったけれども、全体的に取りあげすぎのように感じる。

昨年度のサイトを見ると、「受賞語一覧と解説」の部分に、流行語と直接関係ない、社説のような文章があります。

「戦後も70年を迎えようとしているのに日本人はやっぱり相変わらずの日本人で、NOときっぱり言えないというか、はっきり言わないで済ましましょうという人間関係。（略）あげくの果てが「壊憲」と言われる7月の閣議決定。（略）気がついたら憲法が解釈だけで変更されてしまった」

なんだこれは。いや、私だって安倍政権を支持はしないけど、流行語大賞は何かと話題になるだけに、ここまで露骨に政治色を帯びていると単に特定の考え方の人が内輪で盛り上がっているだけに見える。ちょっと引いて見てしまう。

50語の候補は、読者審査員のアンケートを参考にして、『現代用語の基礎知識』収録語をベースに、自由国民社および大賞事務局が選出しているらしい。この時点では選考委員は関わっていない。うーん、50語選定の時点で外部の人を入れればいいのに。こんなところから政治的にムーブメントを起こそうというのは不自然でしょう。

2015／11／26

涙が出るくらい悲しい今の日本人力士

朝青龍ツイッター

失礼します、大好きな大相撲の話題です。
九州場所十日目、横綱白鵬が栃煌山戦で「猫だまし」を繰り出して勝ちました。猫だましはふつう、体格がはるかに劣る者が勝てそうもない相手にやる奇策です。私は正直、「白鵬は余裕すぎて、遊んでるな」と思いました。
そのあと白鵬本人も自らのツイッターで「一度はやってみたかった」と悪びれずに言っているので、親方衆から横綱らしくないと批判されるのも当然だと思います。しかし一方で、私はこんなにナメられながら勝てない栃煌山への失望も大きかった。猫だましをしてでも白鵬に勝ちに行くべきなのは挑戦者のほうなのに。最近は、批判も覚悟で、奇策を弄してでも横綱に勝ちにいこうという意志の感じられる力士がほとんどいないと思うのです。
そんなところに、朝青龍が熱いツイートをねじ込んできました。「！」だらけの、片言の日本語で。

「日本人力士だらしないな！　恥ずかしいよ君たち!!　はっきり言う君たち恥ずかしい」

「かきやま？　相変わらずアホやな!!　何にが大関ホープ？　帰れお前！　帰って子供と猫だまし遊べ（「かきやま」はおそらく栃煌山の本名・影山のこと）」

「本当にだらしない悲しよ！　悲しい！　涙が出るくらい悲しい今の日本人力士」

一つ目だけではストレートすぎてちょっとファンとして腹が立つけど、二つ目で皮肉まじりに個人を叱り、三つ目で嘆き、相撲への愛を表現してくる。不覚にもグッと来ました。不遜だけど熱くて、可愛らしさもある。この人は天然でこうなんですよね。

白鵬もこんな感じを目指すべきだよ。彼が悪役の朝青龍に対する「良い子」の立場に置かれたのは不運でした。猫だましを試すような白鵬の根底は朝青龍とさほど変わらないんだから、もう「聖人横綱」を演じるのは諦めてほしい。ツイッターでも問題発言を恐れずぶちまけてほしいです。

2015／12／3

オマージュ的

SPA! 12月1日号

ネット漫画「きょうのゲイバー」の作者TSUKURUが、SPA!連載の峰なゆか「アラサーちゃん」に自分のネタを使われたと主張していました。

今年はパクリ騒動だらけだね。

まあ4コマ漫画のネタなんて偶然でもかぶりやすいし……と思ったら、なんとSPA!編集部は「当該作品を拝読した峰なゆか先生が、オマージュ的に当該作品を踏まえたうえで、さらに展開を加える形で4コマ化」と、本人が読んでいたのを認めて謝罪してしまいました。

オマージュの辞書どおりの意味は「敬意」。ふつうは圧倒的に有名な作品をあえて模倣して作ったものを指します。「きょうのゲイバー」の知名度は決して高くなく、この件はどう考えてもオマージュではない。それが分かっているからSPA!は「的」という苦し紛れの一文字を入れたんでしょう。剽窃を素直に認めたほうがいいのに……と思うけど、これについては謝れない理由が峰にあるのだ。

今年8月、峰自身が別の漫画家に対し、自分の漫画のタイトルとコンセプトをパクったと非難していたのです。しかも「漫画を描いているみんな〜！　聞いてくれ!!!　自分の描いた漫画をパクられるというのは、これは、思ってたよりすっごく辛いぞ!?」「私は（略）作者の田所コウさんとハツキス編集部と講談社に法的には問題のない範囲でのいやがらせをしていくことに一生を捧げるしかないのだろうか」などとツイッター上で過激に訴え、大騒ぎ。ほぼ新人の作家だった田所コウはパクリを認めませんでしたが、恐れをなしたのか、自ら連載を辞退してしまいました（本人は単なる自分のわがままで辞めたと説明）。

しかしこの件に関しては、タイトルが似ているだけで内容に類似性はなく、パクリだという主張はもともと無理筋でした。

峰は「きょうのゲイバー」の騒動以降、ツイッターでは現時点で沈黙。人を呪わば穴二つ、を地でゆく騒動ですが、今回は事実上パクリを認めちゃったし、自分の穴のほうが深かったよねぇ……。

2015／12／10

@nhk_seikatsu 異常人間の行動を正当化した報道はするな

鶴指真澄市議ツイッター

海老名市議会議員の鶴指真澄、同性愛は「生物の根底を変える異常動物」「異常人間が多くなれば人類の破滅」等とツイッターで差別発言。

報道されて大ごとになっていると知った彼は、議員は辞めないのにツイッターは早々に辞めました。公式サイトでは「私の書き込みにつきましては、みなさま方に大変ご迷惑をおかけしました」と謝る対象をあえてぼかし、意地でも「同性愛者」の当人に謝るつもりはないのが見えます。

こんな爺さん（71）にはもはや怒りすら湧かないけど、むしろこういう人が普段どんな爺さんなのか気になって、過去の書きこみを追ってみました。

彼のつぶやきはほぼ深夜。誤字が多く、文章自体も非常に読みづらい。問題の書きこみについては「酔ってふざけて書いた」と言い訳にもならないことを言ってるけど、ツイートするとき酔っていること自体は事実かもしれない。

@nhk_seikatsu 異常人間の行動を正当化した報道はするな

原発や安保法案については案外リベラルですが、女性や外国人については典型的な差別的発言をちょくちょくしています。そして特筆すべきなのは、やたらとNHKへの批判が多いことでした。

NHKに直接リプライを送る形で、そんなくだらない報道はするなとか、いま放送したばかりの天気予報への苦情とか、まさに酔っ払いの放言レベルのことばかり投げかけている。今回の「異常動物」発言も、もともとはNHKのツイートに対する発言でした。たまたま議員だから問題になったけど、男尊女卑で同性愛を嫌悪して、毎日NHKばかり見てるくせにNHKに文句を言うことが生き甲斐のこういう爺さんって、とてもイメージしやすい。団塊より上の世代の、悪しきテンプレートみたいなじいさんだ。

新世代の私たちはもう、化石として面白がるしかないのだ。こういう種が絶滅してしまうまで、貴重な生態を観察させていただきます、という気持ち。

2015/12/17

眠れない

清原和博ブログ　12月6日

清原和博がブログを始めたとあっては見ないわけにはいきません。現時点で、16日間で43記事。市川海老蔵ほどじゃないけれど、1日平均約3回更新している精力的なブログになっています。

しかし、当初、内容はそれほどでもなかった。初回こそ動画をアップして期待が高まったものの、開設時のしっかりした文面はおそらく他人が書いたもの。なぜかというと、ふだんの記事で使われる「!」はかならず絵文字仕様の赤く太いものが使われるのに対し、初回記事だけは通常の「!」だったからです。

そして、その後数日は、文章はかなり少なめで食事や行き先での写真がメインという、平々凡々な芸能人ブログになっていました。想像しづらい清原の日常を本人の文章で覗けるという面白みはあるけれど、それ以上のものではありませんでした。

しかし、何日か後から悲哀が猛烈に滲み出てきました。ここから俄然、見逃せないものとなってくる。

以下抜粋（改行などは適宜こちらで補正）。

11月28日、韓国滞在中に「韓国の街中を歩いても誰も気づかない／日本ではいつも見られるし声もかけられて自由に歩けない／岸和田の少年時代の商店街を歩いていたのが懐かしいな」。

11月30日「昨日は久しぶりに息子と3人でご飯たべた／その後ひとしきり泣いた／息子が使ってたグラブを見て今日も1日生きよう」。

そして12月6日深夜3時「眠れない／親切／なんで親を切るて書くんやろう」。

ああ、どうしよう。まんまと私は清原さん（思わず「さん付け」しちゃう）が愛しくなってしまったよ。有名人としての悲しさ、息子になかなか会えない寂しさに沈む日々をこんなに素直に書くなんて！

記事タイトルに時々出る「いい天気やぁ」「洗濯や!!」などの単純な関西弁もたまりません。このブログ、定期巡回決定。

2015／12／24

2015お騒がせ炎上ベスト10

2015年は、前年の小保方氏、佐村河内氏、野々村氏のような、テレビが生んだ〝スター〟（とあえて呼びます）が少なかった代わりに、ネット発信の炎上は豊作な年でございました。

10位は、年末の駆け込み炎上。**海老名市議の鶴指真澄が同性愛について「生物の根底を変える異常動物」とツイッターに書き、炎上**（11月）。ツイッターは誰もストッパーをかけてくれないので本音がボロボロ出るね。鶴指氏は「酔ってふざけて書いた」などと言い訳にもならないことを言っているけど、今どきこんなストレートな差別発言は一発辞職モノだと思うんだけど。

9位、海女の姿をした三重県志摩市公認キャラ**「碧志摩《あおしま》メグ」が、性的すぎて海女を侮辱しているとして炎上**、市が公認を撤回（8〜11月）。年末には美濃加茂市でアニメ「のうりん」とコラボしたポスターのキャラが巨乳を強調していて、これも炎上。キャラ反対派は胸の異様な強調や露出の多さを批判したけど、賛同する側は主に「萌え絵」に対する理解がないとして反論したので、なんだか嚙み合わない議論が続いた印象。萌え絵が悪いんじゃない、市がいそいそと女のキャラに露出させるのが悪い。

8位、ルミネが発表した「働く女性たちを応援するスペシャルムービー」が炎上（3月）。セクハラ男上司に気に入られるために見た目を磨いて「職場の華」になることを奨励するような内容で、どこが「働く女性を応援」だ、と主に女性から批判されました。あ、そういえばブレンディのネットＣＭも性差別的だとして炎上してますね。フェミニズム視点からの炎上は珍しくなくなりましたが、後者は前年制作されたものが海外で批判され、逆輸入で遅れて炎上した珍しい例。*

7位、香山リカのツイッター乗っ取られ騒動（4〜5月）。出演していた「虎ノ門ニュース 8時入り！」について、自らのツイッターで「つまんない仕事」「（出演者の）青山繁晴、池田信夫、ホント下劣」などと暴言を書きこんだ。どう考えても別のところに書くつもりだった本音をうっかりツイートしてしまったものだけど、後処理が最悪。「乗っ取られた」「私信の下書きが誤作動で勝手に書きこまれた」などと言い訳を二転三転させ、結局ツイッターを一時非公開にしてしまいました。著名人が自分の暴言の言い訳として「乗っ取られた」などと言い張るカッコ悪い事件だったけど、思ったほど騒がれなかったな。

6位、ドローン少年逮捕（5月）。直接の容疑は浅草三社祭をドローンで妨害するとほのめかしたことだけど、この妙に幼稚な少年は、事件現場にでかけて警官に難癖をつけてその様子をネット配信するなど、元々おかしな言動で注目を集めようとする要注意人物でした。久しぶりにツイッターを見たらなんと復活していて、書きこみの雰囲気もさほど変化なし。心配。

5位、武藤貴也議員の炎上（7～8月）。「『戦争に行きたくないじゃん』という考えは極端に利己的」などとツイートして炎上したけれど、これ自体はボヤ騒ぎ程度。しかし、週刊文春の追い込みにより、金銭問題、さらには未成年男性の買春まで突きとめられ、ボヤが山火事レベルに。これだけいろんなことを暴かれたら辞職しそうなものだけど、報道後に平然と男漁りをしに新宿にでかけたこともバレている。どんなに叩かれても開き直って辞めないのが最近の流行りなのかな。上西議員しかり。

4位、ネトウヨ＝在特会系とそのカウンター勢力による一連の炎上（10～11月）。はすみとしこなる人物がシリア難民を侮辱するイラストを発表して炎上。そして、それにフェイスブックでいいね！を押した人全員を名簿化した人物がやりすぎだと非難されて炎上。後者は過去に女性に投げかけていた恥ずかしい挨拶から「ぱよぱよちーん」と呼ばれ、身元を突き止められて退職に追い込まれました。さらには年末、「レイシスト、ファシスト排除！」と勇ましく政治的主張をしながら弁護士に暴言を吐いたり、「お前の赤ん坊を、豚のエサにしてやる！」などと相手陣営にひどい毒づき方をしていた「壇宿六」なる人物が容易に身元を暴かれ、新潟日報の部長という役職であったことから激しく炎上。レイシストの対抗勢力としては、こんな騒ぎで「どっちもどっち」って思われるのがいちばんよくないことだと思うんだけど。

3位、岡田斗司夫の炎上（1月）。なんと正月早々、愛人を名乗る人物からキス写真が流出しました。岡田氏は離婚しているためそれだけならさほど問題なかったはずが、最初は「ニセ写真です」と言い逃れ、その後は「80股していた」などと開き直るなどしたため反感を買って長期炎上。さぞ女性にひどい扱いをしていたのでしょう、愛人だったと名乗る人が途切れなく現れ、次々に行状を暴露しました。行為に及んだ女性を評価したリストまで見つかる始末。年始から本当によく燃えました。

2位、芸人8・6秒バズーカー「ラッスンゴレライ」炎上（4月頃）。ネタの

「ラッスンゴレライ」は実は原爆投下を意味しており、彼らは反日勢力である！という説がネット上で急激に広まりました。こんなエイプリルフールみたいなネタは一笑に付されるはずと思ったら、次から次へと彼らのネタを「反日」にこじつける人が現れ、信じてしまう人が続出。「大きな隠謀・巨大な権力に騙されたくない」という思いが強いあまり、どう考えても真実味のないデマにコロッと騙され、驚くほど踊らされてしまうネット民たちに呆れた出来事でした。きっと日本のどこかにまだ信じている人がいる。

さて、**1位**はやはりこれでしょう。**五輪エンブレム盗作騒動**（7月）。佐野研二郎作のエンブレムがベルギーの劇場ロゴマークと似ていると批判されたことに始まり、佐野氏のデザインはすべて「パクリ」ではないかとネットが燃え上がりました。使命感に燃えたネット探偵たちはこれまでの佐野作品の元ネタをむりやり探し始め、炎上は長期化。確かに一部に流用はあったようですが、個人的にはパクリ認定されたものの大半が偶然の一致だと思うし、そもそも発端のエンブレムもパクリではないと思う。ネットで世界中のあらゆるものが探せるせいで、今後はデザイナーに限らず少しの類似ですぐにパクリだ盗作だと言われることになるでしょう。ギスギスした時代になっちゃったな。

週刊文春WOMAN2016（2016／1／1）

＊2014年11月にWEB限定公開。擬人化したウシの高校生が卒業式で進路を告げられるという内容で、配属先が「ブレンディ」に決まった女子生徒に男性教員が「濃い牛乳を出し続けるんだよ」とメッセージを贈ったり、食肉工場に送られると決まった男子生徒が泣き叫ぶなどの描写に批判が集まった。

ハーフってなんで劣化するのが早いんですかね

古市憲寿

「劣化」という言葉についてはこのコラムでもずいぶん前に取りあげているけど、改めて。古市憲寿が「ワイドナショー」で「ハーフってなんで劣化するのが早いんですかね」なんて言ったそうで。

番組内での発言の前後を見ると、ウエンツ瑛士に対するキツいツッコミという程度のお笑いで処理されているけれど、状況を見たうえでもやっぱり擁護のしようがない。ルッキズム・人種差別というコンボで、当然批判されています。

しかしこの発言が不快感をもたらす第一の理由は、「劣化」という言葉の下品さです。出演者の指原莉乃が言うように「劣化は物に使う言葉」というのも一理あるし、何よりネット世代の中では「劣化」はあくまでもネットスラングだという印象が強いのです。

同じくネットスラング発の「リア充」という言葉はだいぶ定着したけれど、これは主に自虐するときに逆説的に使う言葉なので、揶揄の意味で使っても同時に自分を落とす効果があり、比較的使いやすい。ところが、例えばネット上でよく流行った「DQN《ドキュン》ネーム」という言葉は、知性のない人（DQN）が子供につけるひどい名前という意味で、揶揄というより罵倒です。一般世間では受け入れられず、「キラキラネーム」という言葉のほうが通用するようになりました。

「劣化」は明らかに後者側。火の粉の降りかからない場所で有名人を蔑む、単なる罵倒語です。ネットのダメな部分の現れであり、ネット内に閉じ込めておくべき言葉です。

古市氏はこの区別を無視して発言するから逆にテレビに面白がられているんでしょうが、奔放な発言が行き過ぎて言葉の選別が雑になった人は、問題発言のレベルが際限なく拡大しそうな気がしてならない。彼が若者の代表みたいに思われてしまうのは若者にとって不幸です。

2016／1／21

これからは一日一日を大切にしていきたい

ベッキー謝罪会見　1月6日

重めの芸能ニュースが多すぎる本年、もう古くなりそうなベッキー謝罪会見の話題。ネット上ではベッキーの靴がウェディングシューズだったなんてことも話題になっていますが、謝罪会見と来ればこの連載だっていっちょかみしたい。

まず会見が質問禁止だということは批判されて当然だし、「『友人関係』なわけないだろ」という大前提のツッコミどころはあるものの、何も見ずにほとんどつっかえず話しきった謝罪の文章自体は見事でした。ひねった言い回しや曖昧な部分がなく、この連載で取り上げにくい、という点で。

しかし何度か聞くと、気になるところもありました。

「今回の私の軽率な行為を深く反省し、また皆さまの前で笑顔でお仕事させていただけるように、これからは一日一日を大切にしていきたいと思っております」

何気なく通り過ぎそうな言葉だけど、よく読んでほしい。

ベッキーは、「これからは一日一日を大切に」と言っている。
つまり、ここ最近は「一日を大切にしていなかった」ということになる。
ベッキーが人一倍戦略的に芸能界を生き抜いていることは有名で、一日を大切に生きてきたからこそこれまでスキャンダルもなく来たわけです。では逆に、大切にしていなかった日々とは何か。それは、（ベッキーの主張によれば）不倫だと誤解させる行動を取っていた日々、つまり（実際には）恋愛にうつつを抜かしていた日々、ということです。

恋愛していたこの数か月は、一日・一瞬を大切にせず油断して暮らしてしまった悔やむべき日々だったということです。謝罪会見にわずかに現れたこの部分により、会見の裏に見えるもの――それは反省というよりも、今まで積み上げた結果を無にしてしまった自分の迂闊さに対する、ベッキーの仕事人《しごとじん》としての悔しさです。

2016／1／28

本炭

休日課長ツイッター

「ゲスの極み乙女。」の川谷絵音とベッキーによる不倫騒動の最中、ほかのバンドメンバーは一体どんな気持ちでいるのでしょうか。

ほかのメンバーの名は、ちゃんＭＡＲＩ、ほな・いこか、休日課長。名前がふざけているのは一旦置いといてもらって、３人ともツイッターをやっているが、騒動以降書きこみはほとんどない。直近のフリーライブ後、前者２人は「もっと頑張っていきたい」「やっててよかった」などと書きましたが、「騒ぎを美談化してる」などと一部メディアで叩かれる始末。さすがにそれはとばっちりでしょう。

さて、ベース担当の休日課長。彼もしばらく書きこみを自粛（?）していましたが、ライブ後にお客さんへの感謝を述べると同時にツイッターを再開しました。

「本炭／今宵は自作ナポリ炭。食材に感謝をこめて、いただきます」

目玉焼きの載ったナポリタンの画像とともに、こんなツイート。「本炭」って何？

これはどうやら「本日の炭水化物」の略語のようです。彼は騒動以前から徹底して、「本炭」なる実に美味しそうな自炊料理や外食の写真を挙げまくっているのだ（「炭」はすべて「炭水化物」の意味）。

騒動直前には、写真とともに「今夜も自炊炭。銀鱈の照り焼き、ほうれん草胡麻和え、茶碗蒸し、味噌汁そしてご飯。照り焼きとご飯の相性に一人でうなってました。いつか一緒に食べたい、まだ見ぬ奥さんと。『ほらほっぺにご飯粒つけて！』って言われたい」と。

バンドメンバーが直後にあんな報道をされるとも知らず、なんてのん気な……。

それにしても、あまりに食欲をそそる写真の数々。元日の天玉そばの写真に刺激され、私もつい深夜にそば屋に行ってしまったじゃないか。

そういう意味では休日課長も非常に罪が重いです！

2016／2／4

日本出身力士十年ぶりの優勝という話題もあったんですが

太田雅英アナウンサー

琴奨菊、優勝。

長年の大相撲ファンである私は、「日本出身力士十年ぶりの優勝」という言葉が躍りすぎることを不安視していました。途中、モンゴル出身で日本に帰化した旭天鵬が優勝していることから、「日本人力士」ではなく「日本出身力士」と、歯切れが悪くなっているこの表現。大相撲ファンじゃない人ほど「最近は日本人が活躍してないからなあ」などと無責任に言いますが、琴奨菊自身の健闘以上に「日本出身の優勝」であることを喜ぶのは、琴奨菊にも外国人力士にも失礼です。

実際、サンスポ電子版では「ついに賜杯取り戻す」と、まるで敵国に奪われていたかのような表現がありました。琴奨菊が賜杯を手にするのは初めてなんだから、戻ってはいないのに。

優勝直後に土俵下で行われるＮＨＫインタビューでも、アナウンサーが「日本出身」

をやたら取り上げるのではないかと私はヒヤヒヤして見ていました。しかし、担当した太田雅英アナウンサーは琴奨菊自身についてのインタビューに徹し、なかなか「日本出身」を取り上げない。

最後、ついにそれに触れたときも「日本出身力士十年ぶりの優勝という話題もあったんですが（略）どうでしょう」という形でした。

おそらくこれを聞きたい観衆はたくさんいたはずなので、それに応えるという最低限の義務を果たしつつ、あくまでも付加的なトピックにすぎない、という表現です。

そして、それに対する琴奨菊の答えも良かった。少し困りながら、「まあ私の初優勝がたまたまその十年ぶりの優勝だったということなんですけども……まあ、今日、優勝できて本当にうれしく思います」と、「日本出身」と煽り立てられるのを肩すかしするような返答。いや、すばらしいやりとりでした！

2016／2／11

太田光がジャニーズやバーニングの圧力を認める

ライブドアニュース

テレビやラジオで誰かが言ったことを雑にまとめて発信する、ニュースとも呼べないニュースサイトはつくづく百害あって一利なしだと思う。今回のタイトルはそんなライブドアニュースの記事で、発言元となった番組はTBSラジオの「爆笑問題カーボーイ」。

この発言の前、爆笑問題の二人はベッキー騒動にからめ、視聴者が芸能人に倫理性を求めすぎることについて話していました。その流れで太田光はこう言ったのです。

「ヤクザとつるんでますよ、俺なんんか！（略）事務所の圧力がどうのこうのって、あるよバーカ！　どこの世界にだってあんだろうがそんなもんは。言えないことは言えねぇんだよこっちだって、ジャニーズのこととかさ、バーニングのこととかさ」

この部分を取り上げるなら、ライブドアニュースはなぜ「太田光がヤクザとの交際を認める」とは書かないんだろう。前段は冗談だと切り捨てて、後段は事実だとしたのはなんでだろう。

まあ、みんな本当は分かってるんです。このあと田中裕二が言うように、一般の会社だって圧力と自粛の中間みたいなものはある。公然と取引先の悪口を言ったら仕事がなくなるから、言わないのは当然。芸能人だってそんな最低限のマナーは守るに決まってる。太田が冗談めかして言ったのはそんなニュアンスです。

でも世間では、芸能界は一般社会と別物で、何か起これば「東京湾に沈めるぞ」くらいの圧力が当然あるに違いない、と思われているのだ。だからわざわざ発言を意図的に切り取って、問題発言があったと煽ってページビューを稼ぐのです。

このあと太田は「2ちゃんねるなんて潰せばいい」と言うのだけど、潰すべきなのは2ちゃんねるよりも、報道機関のようなツラをして発言の切り貼り記事を量産する粗悪なネットニュースサイトだと思う。

2016／2／18

もしかしてラップバトル挑まれてる？♡って

加藤紗里ブログ　2月11日

今年は芸能ニュースまで深刻なものばかりだけど、芸能ネタなんて本来どうでもいいからこそ気楽に騒げるもの。そんなところに颯爽と登場したのが加藤紗里です。待ってました。

狩野英孝というただでさえいじられやすい人の二股騒動（不倫でもないから、モラル的にもどうでもいい）というC級ニュースに「今カノ」として登場した、いかにも怪しい感じの女の子。さっそく文春が過去の窃盗疑惑を暴いちゃったけど、私としてはもう少し楽しませてよ、という気分です。

確かにいかがわしい雰囲気はプンプンするけど、「売名行為」と叩かれるわりにはテレビで全然好感度を上げようとしない態度はむしろ正直だし、私が褒めちぎってきた清原ブログが本人の逮捕で消滅した今、彼女はブログ界にとっての新星でもあるのだ。彼女はテレビよりブログがおもしろい！

彼女のブログは脈絡のない長文なのに、やたら読ませます。最近の記事では「実は、紗里この前のロンハーの放送終わって寝れなくてずっと考えてて…」と、番組でいじられたことにさすがに傷ついているのかと見せかけて「英孝がロンハーの最後に紗里にフリースタイルの歌を贈ってくれたわけじゃん。でもそれって（略）もしかしてラップバトル挑まれてる?♡って」と、まさかの展開！　そのままラッパーグループに相談に行き、なんだかんだで実際にラップをレコーディングしてしまうのだ。

どこまでが本当のことなのか、どこまでが仕込みなのか、分からない点も含めて最高。さらには「紗里のせいでラップという文化と熱を持って頑張られてる方々が批判されるのは避けたいので」と、業界に対する律儀なフォローも欠かさない。

千件単位で寄せられるコメントは中傷や罵倒がほとんどだというのに、コメント欄を閉鎖しないド根性もすごい。しかも、文末にいちいち使われている謎めいた男の顔の絵文字を調べると、何とこれは「狩野英孝」を表す特殊な絵文字！

こういう仕掛けをこっそり入れてくるところも憎い。新星ブログスター、恐るべし！

2016/2/25

詳しくはこちらを見るのだ

イクメンプロジェクトツイッター

*宮崎謙介元議員の件で、急に「イクメン」が気になり始めました。

まずこのコラム的には「イクメン」という言葉自体どうなんだ、むしろ「非イクメン」に名前をつけて炙《あぶ》りだすべきだろうと思うんだけど、それは置いといて。

国が進めている「イクメンプロジェクト」なるもので気になったのは、その公式ツイッター。「イクキューイ君」なる公式キャラがつぶやいているのですが、こんなの全然知らない！

4年半もツイッターを続けている（それ自体はすごい）のに、現時点のフォロワーはわずか3千人台、奇しくも宮崎氏とほぼ同数という少なさ。雄が巣作りや子育てをする鳥・キウイがモデルらしく、キューターという子供がいるという設定だったものの、なんと開始3か月程度でほぼキューターが登場しなくなる。「イクメンを目指すぞ！」と理想ばかり追って、現実に直面してすぐに挫折するタイプの男性そのものです。

その後はイクメンプロジェクト関係の、つまり「仕事」の告知ばかりだったツイッターですが、その1年後、思い出したようにキューータとの日常記が再開。

しかし去年夏、育休期間が終わったイクキューーイ君が（設定上）職場に復帰してから、またキューータがほとんど登場しなくなり、「仕事」の告知だらけに。キャラ設定上、語尾に「〜のだ」なんてつけてかわいこぶっているけど、内容はサイト内の情報の丸写し。「詳しくはこちらを見るのだ」と言いつづけていたけど、ごく最近、ついに語尾の「〜のだ」までやめてしまった……。

イクキューーイ君の中の人は、育児——すなわち「イクメンプロジェクト」なる我が子を育てるがんばりを、誰かに見てほしかったんだろうな。でも、フォロワーも増えず、誰にも褒めてもらえないので、ついには育児放棄。

イクキューーイ君を見るだけでも、頭でっかちの「イクメン」がどう育児から離れて行くかが分かってしまい、暗澹とした気持ちになってしまいます。

2016／3／3

＊妻・金子恵美議員の出産を控えた2015年12月に「育児休業を取得する」という意向を示して話題になった宮崎議員だったが、翌年2月、金子議員が出産のため入院している最中に自宅に女性タレントを招きいれたと「週刊文春」が報道。「ゲス不倫」を認め、議員を辞職。

相変わらず噛み噛みの小林ゆみでした

杉並区議小林ゆみブログ　2月16日

杉並区議の小林優美氏が区議会で「レズ、ゲイ、バイは性的嗜好」「地方自治体が性的嗜好、すなわち個人的趣味の分野にまで予算を費やすことは必要なのか」などと発言し、問題となっています。

この発言のどこが差別的なのかはもう説明しません、面倒臭いので。議員の性的マイノリティ差別発言については「ハイハイまたですか」と溜息一つでスルーしたいんだけど、小林氏はまだ27歳。この手の発言といえばご老人が定番だっただけに、北欧に留学経験まである20代女性議員から出た発言だと思うとさらにげんなり。

で、さっそく彼女のブログを見てみたのですが、別の意味で脱力でした。差別発言すらどうでもよくなるほど。

ちょうど問題となる質問をした日について語った記事の文末。

「（議会の動画をアップし）動画のリンクを貼りました。…恥ずかしい。恥ずかし過ぎます。相変わらず噛み噛みの小林ゆみでした」

グラビアアイドルかよ……。

深夜番組で水着を着て、「恥ずかし過ぎます♡相変わらず、噛み噛み♡の小林ゆみ♡でした★」とハートつきの口調で話し、目線でカメラに媚びて仕事をゲットする様子が容易に想像できてしまう。そういうふうに男性目線で持ち上げられるのが好きなんだろうな。

彼女は今回の問題について現時点でおそらくどの取材にも答えていないし、ブログもツイッターもフェイスブックも更新していない。そうだよね、ちやほやされるの以外は嫌だよね。

そもそも彼女、去年の区議当選まではツイッターを更新していたのに、当選を機にパッタリと発言をやめています。ブログのコメント欄も、去年、安保反対派に対し「わぁ、すごく平和だなぁ」と小バカにする記事を書いて反発を受けた頃に閉鎖。

人の話は聞きたくないみたいなので、杉並区の人、次の選挙は考えてね。

2016／3／10

お前らなぁ、親子でネタ作ってなぁ、今度のグランドスラム出てこい！

「爆笑問題カーボーイ」3月8日

高橋維新（人名です）については批評の俎上にも載せちゃいけないと思っていました。ニュースサイト「メディアゴン」に寄稿している、本業は弁護士の人。ほぼ、お笑い番組（のみ）を見てそれを貶すというコラムしか書いていません。以前からネット上で非常に評判が悪い人物です。

ある番組でのビートたけしの言動に対し「褒めてやる必要もない」と意見するなど、ほぼすべての芸人を極端に偉そうな態度で愛情もユーモアもなく腐すくせに、岡村隆史がたまたま自分と同趣旨のことを言うと「岡村さ～ん！　もしかして私の書いたもの読んでますか～!!」などとはしゃぐ20代。私もよく彼のコラムをうっかり目にしてしまい、そのたびに、的外れぶりに腹を立てていました。

しかし、有名税ならぬ「無名免税」で、私は批判はせずにいました。あまりの質の低さに、個人ブログと同等の扱いをしていたのです。

しかし、メディアゴンはヤフーニュースに転載されているため、彼のコラムは信頼性が担保されているかのように見える。本来、堂々と批判されるべきなのだ。

そこを打ち破ったのが爆笑問題の太田光です。自身の漫才が的外れな観点でこきおろされていることを知った太田は、自らのラジオ番組で彼を批判し、「お前ら親子でネタ作って出てこい！」と挑発しました。

高橋維新の父とされる高橋秀樹は、日本放送作家協会常務理事にして、メディアゴン主筆。文筆家として実績のない維新がなぜメディアゴンだけで見当外れなコラムを書き続けられるのか……理由は言うまでもあるまい。

ヤフーさん、転載するニュース元をもっと精査すべき。そして太田さん、高橋維新みたいな「無名免税」でのさばってる人を批判できる空気を作ってくれてありがとうございます。

2016/3/24

奥

地名に付く接頭語

「奥渋谷に〇〇オープン」という記事を目にしました。

「奥渋谷」という言い方、もう当たり前になったのか。渋谷の喧噪を抜けた先の落ちついた地域。いまや現地でも略して「奥渋」と自称しているらしい。

そういえば、最近は「奥神楽坂」という呼び方を聞いたこともある。ネット検索によると、「奥渋谷」も「奥神楽坂」も、実際に記事等で使われ始めたのは明らかに去年あたりからです。

「奥座敷」なんて言葉には味があるし、奥の字にいいイメージがあるのは分かります。一時流行った「裏原＝裏原宿」にも似ていますが、「裏」がその街の別の一面というイメージになるのに対し、「奥」は単に位置的な意味だけではなく、深みがあって「通《つう》しか知らない場所」というイメージ。奥の字には、ムーディーで大人びた雰囲気がここ一、二年で定着したようです。

ではこの「奥」はどのくらい浸透しているのか、ほかにオシャレとされそうな地名で検索してみた。

「奥代官山」は、なんと4年前の記事が発見できました。昨年には「最近人気のでてきた、通称『奥代官山』」という記事もある。いつの間に通称になったんだ。

東京では、ほかに「奥青山」もあるし「奥浅草」もたくさん見つかります。東京以外では「奥鎌倉」が3年ほど前にすでに登場。大阪の「奥堀江」、福岡の「奥大名」もごくわずかに発見できます。

しかし、奥新宿や奥池袋という表記はまだほぼ見つからない。奥高円寺や奥吉祥寺もない。若者向けだからかな。

今後「オトナ」が自信を持って紹介できる街の基準は、その街が「奥」ぶっているかどうかになりそうです。まだ東京以外に「奥」はあまり進出していない模様。「奥」を名乗って姑息に地価を上げるなら今だ。全然奥ゆかしくないけど！

2016／3／31

大相撲は神の領域を守護代する

貴乃花親方ダイアリー　3月24〜25日

「遠く遠くはるか彼方から生まれついた、そこから始まった歴史や文化は謎に包まれしものです。どこから飛来し地球に降り立ったのかいまだ謎です」

何を言っているか分からないと思うが、貴乃花親方のブログなのです。

こんなとんでもないものを見逃していたとは。大相撲ファンとして非常に悔やまれる。

「過去にない意地と懇親を抱いて」「相撲道の普及は、我が人生の名代」

「神にはなれない人の血潮」「大相撲は神の領域を守護代する」

大仰な単語を連発してひたすら宗教的でスピリチュアルで曖昧なことを言いつつ、言葉の誤用や文法の誤りが同時多発するという独特の文体。読んでいると背中がゾワゾワしてくる。例えて言うならば、*先日話題になったＡＳＫＡのブログのように。

3月28日に行われた日本相撲協会理事長選はこの貴乃花親方と八角親方の一騎打ちとなりましたが、八角親方が再選され、ひとまず安心。

私は大相撲ファンとして、「横綱貴乃花」は好きでした。しかし、おそらく誰もが思っているでしょう、「親方・貴乃花」は不気味だ、と。ブログにはその不気味さがそのままの形で現れていました。

さて、貴乃花親方、なぜかスポニチで理事長選出馬について長文の決意表明を発表したのですが、この文章もやはり、えもいわれぬ不安に襲われる代物。「家族の絆が大事」と書きながら、自分は母や兄と確執があるという矛盾に途中で気づいたのか、唐突にその件に踏み込みます。

「とはいえ、私自身、母と兄とは疎遠です。理由はともあれお互い悪気はありません。優しい母、優しい兄。私がいないとひがんでしまう母と兄です。それだけです」

ああ、全然説明になっていなくてゾワゾワする。突然頭を丸めたのも、何らかのオリジナル教義に基づく行動なのではないかと不安になる。

2016／4／7

＊2014年に覚せい剤取締法違反などで逮捕されたASKAが2016年1月9日に長文ブログを発表。ドラッグ使用に至る経緯や逮捕のこと、盗聴の被害を受けていたことなどを告白。

天国の実感の両親

片岡愛之助ブログ　3月31日

藤原紀香、片岡愛之助と結婚。いやもちろんつい何かツッコミたくなるんですけど、私みたいにさほど二人を知らない者がおめでたいことをツッコミありきで語るのも野暮でしょう。だから、まずはブログを読むよね。

3月31日の結婚記者会見直後、2人ともそれぞれブログを更新しています。藤原紀香は、タイトルだけでカロリー過多な例の公式ブログ「氣愛と喜愛で♪ノリノリノリカ」にて、片岡愛之助は同様に公式ブログ「気まぐれ愛之助日記」（タイトルが平凡で安心です）にて。

ノリノリノリカは、だいぶまどろっこしくカロリー高めの言葉づかいながら、結婚の喜びと周りの人への感謝を綴っています。

片岡愛之助は、その日のちょっとしたドタバタエピソードとともに、ユーモラスに会見を振り返っています。

が、ほんの少し片岡愛之助のブログが変です。

まず「皆様びっくり」と、小さい「っ」が大きいのに気づく。

まあこのくらいの間違いは誰でもするよね、と気にせず読んでいくと、突然「ご」と一文字だけ書いてある謎の行が。

そして最後に「早くに亡くなった天国の実感の両親も〜」と。天国の実感？

2人の記事更新時間を調べてみると、ノリノリノリカは3月31日21時31分23秒、愛之助は3月31日21時31分22秒！　ははあ。

さては、先にノリノリノリカがブログを丁寧に書き上げてから、愛之助に「同時に記事をアップしよう」と言って、あわてて書かせたね？　そして推敲もせぬままアップした、と。

そう思うと、なんだかほほえましいじゃないですか。ノリノリノリカ側がガンガン押してる感じなのも予想通りだしね。

なんて思ってたら、なんとまさにこの原稿を書いている最中にすべての書き間違いが直っていました！　ぬかりなし。これもノリカの指示だろうか……。

2016／4／14

それじゃあダメでしょうね

民進党ツイッター

熊本の大地震直後のこと。東日本大震災以来、こういった大災害の時はツイッターとテレビを並行して見る癖がついてしまいました。しかし、NHKは記者が新人なのか、家から避難してきて憔悴している人に「どんな揺れでしたか」などと、聞いても仕方ない質問を繰り返す始末。

当然ツイッターも玉石混淆ですが、一般の善意の人たちが災害に役立つ情報を拡散するので、それは奏功しているものと思われます。しかし、政界の人たちの失敗が目立ちます。被害を心配する話の流れでそのまま敵対する政党の批判をするような人たちは、地震を政局争いのネタに使っている時点でもうどうしようもない。

最悪なのは民進党公式。「東日本大震災時の自民党のような対応を望みます」という一般の人からのリプライに「それじゃあダメでしょうね」と返す。そして、地震から数時間しか経っていないのに、その後しばらく自民党批判を続けました（のちに削除）。

このやりとり、そもそも「自民党のような対応を望みます」という言い方自体が少し挑発的です。この言葉を投げかけた本人にさほど悪意はなかったようですが、民進党が「そうですね、自民党のようにがんばります」とはさすがに言えない。

だから、この対応は「無視」が正解なのです。

有益なものから罵倒まで、あらゆるリプライを引き受けざるを得ない巨大アカウントは時に無視によって主張の安定が図れます。そのへんを分かってない人にツイッターを担当させてしまった、民進党の時代遅れ感が如実に表れてしまった感じ。

ちなみに、このやりとりを当該ツイートから1時間未満で即座に報道した産経ニュースもけっこうひどいと思います。民進党が失敗したからって、地震直後はそんなことを喜んで批判してる場合じゃないよ。

2016／4／28

俺なんかの役目はね、広めること。

みのもんたツイッター

みのもんたがツイッターを開設してわずか2個目のつぶやきで炎上するというスピード記録を達成。ネットでは嫌われがちな人なのでしょうがないかなという気もしますが、とりあえず炎上した原文を読んでみましょう。

「俺なんかの役目はね、広めること。今回の震災もね、熊本だけじゃなくて九州全体だから。支援のやり方も甘い。自衛隊きちんとして欲しいね。あと、過去の震災、阪神淡路、もっと遡れば関東大震災の教訓活かせてないでしょ？…みたいにＴＶではちょっと言いづらいことも、ここでは言いたいね。」

これが「がんばってる自衛隊の現状も知らず、失礼すぎる」とか、そもそも偉そうだとかで非難殺到なんですが、私は別のところが気になりました。

文章が「みのもんたの語り口調っぽすぎる」のだ。

みのもんたは71歳。私が思うに、この世代の人がツイッターやブログに文章を書くとき、こんなふうに「いつも自分が話している感じの文章」になることはまずない。

例えば同じく年配の芸能人で言えば、志村けん（66）のブログは句読点がほぼ皆無で感情の起伏がなく、おじいちゃんが書きつける日記の感じが丸出しです。和田アキ子（66）のツイッターは絵文字だらけでかわいらしく、本人のイメージと合わないうえ、誤字が多い。それらに比べると、みのもんたのツイッターは流暢すぎます。

みのもんたは、現時点で今度始まるアベマＴＶ関連のアカウントしかフォローしておらず、その仕事の関係でツイッターを始めたのが明白なので、おそらくそのスタッフかマネージャーが言いたいことを本人に聞いて代筆してるんでしょう。しかし、いかんせん、語りの再現力が高すぎ。

ブログやツイッターを代筆させてる芸能人はほかにもいると思うけど、こういう有名人こそ本人が書いたほうが性格が生々しく表れて面白いのになあ。

2016／5／12

新函館北斗

北海道新幹線　駅名

このあいだ新幹線に乗ったとき、行き先表示板でついに「新函館北斗」を目撃してしまった。北海道新幹線の新函館北斗駅、名前のすわりが悪いし、長いし、カッコ悪い。駅名はシンプルに「新函館」でいいでしょう？

現・新函館北斗駅は、ルートの都合上、建設（計画）地が市外の亀田郡大野町でした。当初の駅名案は「新函館」。つまり大野町はそれで納得していたわけです。

しかしその後、大野町と上磯郡上磯町が合併し、北斗市が誕生。すると、初代市長（元上磯町長。大野町側ではない！）が、所在地が北斗市だから駅名は「北斗」にするべきだと難癖をつけ、揉めた結果、妥協案として両方くっつけた「新函館北斗」になってしまったのだ。

「北斗市」という市名は一般公募由来。地域を表す名前でもなければ伝統も何もなく、この市名の歴史はわずか10年です。しかも、北斗市の通勤通学者に占める函館市への流入率は46・5％（平成22年国勢調査）。北斗市は函館市のベッドタウンと呼んで良い。知名度も圧倒的に函館に劣る。「新函館北斗」の「北斗」が地名であることを知らない人のほうが多いでしょう。

北斗市は、市になったからって函館と肩を並べようというのがおかしい。函館がなかったらそこに新幹線の駅なんかできやしないんだから、名前は函館に譲るべきです。千葉県浦安市にある東京ディズニーランドだって、東京浦安ディズニーランドにするべきなんて思う浦安市民はほとんどいないはず。

そもそも「北斗市」の名前を決めるときも、大野・上磯両町に気を遣い、大・野・上・磯の4字を入れない案だけを候補にしたらしい。配慮に配慮を重ねた結果、できたものがどんどんダサくなっていく現象が最近多すぎる。時には強引さも必要だよ！

2016／5／19

What is the UT Sweetheart?

「東大美女図鑑」サイト

「東大美女図鑑の学生が、あなたの隣に座って現地まで楽しくフライトしてくれる」というキャバクラみたいなH.I.S.のキャンペーンに批判が殺到し、当然のようにすぐ企画倒れしました。

「セクハラだ」という批判が多かったようだけど、それ以前に企画として低俗で不快ですよね。仮に「美男図鑑」だったとしても低俗ですし。企業イメージが落ちまくるでしょうから、そりゃすぐ取りやめますよね。

で、この「東大美女図鑑」とはなんなのか調べてみると、STEMS UTなる東大学生サークルが編集する写真誌らしい。公式サイトを見ると、「勉強一辺倒で大学生活を楽しんでいない」という従来の東大女性のイメージを打破し、東大女性と東京大学のイメージアップを図るために活動を開始したとのこと。また、それによって女子学生比率の低い東大の女子受験者数増加を目指している、と。

しかしサイトでは、「東大美女図鑑って?」を「What is the UT Sweetheart?」と訳しています。UTは東大の略称、Sweetheart は普通「恋人」の意味。東大美女＝東大の愛しい彼女……コンセプトが最初から男性目線です。東大美女図鑑にとっての「従来のイメージ打破」とは、「男の恋愛対象になる」ということなのだな。なんて陳腐な。

きっとこのサークルの子たちはオシャレな雑誌ごっこがしたかっただけ。そして、世間の耳目を集めるために「東大かつ、美女」という夕刊紙みたいなベタな企画に東大生自ら手をつけてしまったのでしょう。思想のよりどころも特にないので、政治家が言う「女性活躍」的なコンセプトを無理やり後乗せしながら、H.I.S.のキャバクラ風キャンペーンにホイホイ乗っかるのだ。

大学のイメージアップなんて言ってますが、こんな、考えもなしに必死でチャラい大学生になろうとするような活動がいちばんイメージダウンだよ。

2016/5/26

あざとい

オリエンタルラジオ　中田敦彦

最近のオリエンタルラジオ・中田敦彦。

その一。最近の彼らのネタ「PERFECT HUMAN」は、「なぜ芸人がこんなことを」とか「歌詞が自信過剰」とかいうえぐった笑いの要素はあるにしても、基本的にはダンスと歌のパフォーマンスで、お笑いの芸という部分からは逸脱しています。しかしこれが人気を博し、本人は「紅白を狙う」とまで宣言。ネタそのもので若者票、紅白に行けるなら高齢者票も期待できます。

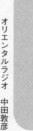

その二。「しくじり先生」では、毎回偉人のしくじりについて笑いを交えながら暑苦しく説得力のあるプレゼンを展開しています。演説のうまさ、話に引き込む力で、世代を問わず広く尊敬の念を集めているものと思われます。

その三。日経デュアルなるメディアでは「イクメンアップデート中」という記事を連載。そこでは「(妻は) 社会でも実母でもなく、目の前にいる夫に力になってほしかったのですね」「よく稼ぎ、よく休む。これらを両立してこそ初めて、21世紀の良きダンナになれる」と発言しています。これで完全に若い女性（母親）票もゲット。

そしてその四。これがいちばん画期的ですが、ベッキーが不倫報道の件について文春に手紙を書いたことをテレビで堂々と「あざとい」と批判し、主に他の芸能人や先輩から非難されています。しかし、ベッキーを叩き続けているネットではおおむね好評。これで、芸能人には冷淡なネット票までも確保しました。

と、最近の中田敦彦の在り方があまりにも政治家的なので、何の選挙だか知らんけど当選確実な気がしてきました。

PERFECT HUMANの行く先が政治家って、ベタな気もするけど、いっそ一介の議員なんかじゃなく首相を目指してほしいです。無責任に言ってますが。

2016/6/2

地下アイドル

女子大生刺傷事件初期報道

*東京で女子大生がストーカーに刺された事件、被害者はギターを弾きながら自作曲を歌っていたので「歌手」と表現するのがいちばん実態に合っていそうなのですが、最初に「アイドル」と報道され、のちに「地下アイドル」とも言われたことで、（不謹慎ですが）キャッチーな要素が増してしまいました。容疑者のツイッターなどもすぐ突き止められ、偏執狂的な書きこみが誰でも読める状態なので、私の印象ではいままでの様々なストーカー事件のなかでもトップクラスに大きな話題となっています。

「アイドル／地下アイドル」の呼称は、アイドルに詳しい吉田豪さんらの呼びかけによってネット上では修正されつつあり、「アイドルとオタクによる特殊な事件」として語られる向きは減りつつあるけれど、「地下アイドル」の肩書きは人を貶めるのにこんなにも都合がいいのか、と改めて戦慄しました。

地下アイドル、AV女優、水商売、どれも同じ。これらの「レッテル」を貼っておけば、いかがわしい活動をしていた本人にも非がある、ってことにできてしまう。

この方法は、以前に被害者から相談を受けていたのに対処を誤った警察だけでなく、実は一般市民にとっても都合がいい。被害者を自分の日常から遠い存在として排除すれば、不条理で恐ろしい犯罪も「自分にはそんな要素や落ち度はないから、巻き込まれることはなく、安心」と、思考停止できるわけです。

……そんなふうに、レッテルによる排除についてツイッター上で批判的に語っていたら、知らない人から「マスゴミっていつの時代も何かを排除したがるよね」という言葉で賛同を得てしまいました。

「マスゴミ」っていうネットスラングだって、具体的な批判をサボって思考停止するためのレッテルですよ。

2016／6／9

＊小金井ストーカー殺人未遂事件。2016年5月21日、歌手活動を行っていた女子大生がファンを自称する男にSNS上でストーカー行為を繰り返され、小金井市内のライブハウスで刺されて重体となった。

父親が事実を知ってそうな気がする

男児行方不明事件を指して

北海道で、「しつけ」のために車で我が子を山中で置き去りにして、5分後に戻ってきたら行方不明になっていたという事件、報じられすぎ。これに尽きる。まずは見つかってよかったですね。

この件は、父親が虐待だと責められるのを恐れて最初に「山菜採りに山に入った」と嘘をついたことで大きく叩かれることになりました。しかし、嘘とあの「しつけ」はよくないとしても、報道で暗に毎日責め立てるようなことではない。社会を揺るがすような問題じゃないんだから黙って捜索を任せておけばいいのに。

行方不明の事案なんて全国に腐るほどあります。警察庁発表の、平成25年・10歳未満の行方不明はなんと約千人。この一件がやたら取り上げられたのは、過程が謎めいていたこと以上に、報道陣が父親を犯人視していて先にツバをつけておきたいから、というふうにも見えてしまう。

その空気に乗ってか、ネット上ではけっこう著名な人までもが「父親が怪しい」といった「名推理」をしていてうんざりしました。

報道の量がネット世論を刺激して、個人の総叩きになっていく。世間には、非のある他人を責めたいだけの人がいつでも涎を垂らして獲物を狙っているのだ。もちろん見つかっていない段階ではすべての可能性を考えるべきだけど、それは警察の任務。素人が探偵気取りで「あれはヤッてる」なんて、居酒屋談義でもひどい。これじゃあの父ちゃんの精神がもたないだろうと私は危惧していました。

私はあの父ちゃんは「置き去り」以外はやっていないだろうと「推理」してましたが、それが合ってるかどうかなんてどうでもいいし、別に公に言っておく必要もない。ネット名探偵同士の言い合いほど不毛なものはない。人命のかかった進行中の事件は、推理の当たり外れを楽しむコンテンツじゃありません。

2016／6／16

良い曲いっぱいで捨て曲無し〜◎

モン吉ツイッター

元ファンキーモンキーベイビーズのファンキー加藤といえば、その根拠不明なポジティブさ、歌詞と曲の薄っぺらさ、そのわりに妙に売れている、などの点でネット世論では基本的に嫌われていたけど、不倫騒動で完全に「堂々と叩いていい人」になってしまいました。

あんまり言われるのもかわいそうなので、元メンバーの一人、モン吉がどう考えているのか見てみました。

モン吉のツイッターは書きこみの頻度がかなり少ない。この騒動の後もいまのところ何も発言はなく、肩すかしだったなと思いつつ読んでいると、ツイートの醸し出す雰囲気になんだか酔っぱらってきました。

6／1「ども〜◎ソロ初のアルバムが8月10日に出ます◎（略）アルバム制作に関わって頂いた人達全員に大感謝です◎ファンモンの時と一緒で捨て曲無しな感じになった

と思うから早く聞いて欲しいよ〜◎」

繰り返される似たような文面と、独特の文末「〜◎」に脳がトリップしそう。2月17日のツイートには謎の曼荼羅模様の画像が添付されている……。怖い！

この模様はファンにはおなじみのようで、彼のサイトに行くと極彩色の曼荼羅が大量にぐるぐる回転していて具合が悪くなります。しかし彼にはこれが快感なのかな。

見た目的には、もう一人の元メンバー「DJケミカル」のほうが「モン吉」の名が似合います。むしろ「ケミカル」なのはモン吉なのでは……いや、この感じはケミカルというより成分的に「ナチュラル」かな……。

彼は解散後にはインドなどを放浪していたそうで、多幸感と浮遊感にあふれ、エネルギッシュさとは無縁な人だということが分かりました。

うん、きっと解散してよかった。多幸感があふれすぎないように……。

2016/6/23

最近ああいうのも
お客さん笑うようになったからねえ……

松本人志

「IPPONグランプリ」が好きです。ほかのお笑いコンテスト番組に比べるとすでに活躍している芸人が出ることが多く、世間での扱いは小さめですが、「すべらない話」同様、大喜利という形式をあえてスタイリッシュにし、緊張感を注入して大仰なショーとして成立させるという松本人志流の美学が見られます。

姿を見せるとどうしても「大物」として扱われざるをえない松本人志があえてスタジオに顔を見せず、オーディオコメンタリーのような形で並行して感想を述べるという形式も、「試合」を邪魔しない解説者といった様態でとても良い。と、好きなのでついベタ褒めしてしまいましたが、今回は先日放送された回の話。お題「鈴木福くんに耳打ちされたADが引いています。何を言われた？」に対し、博多大吉は「あなたは局員さん？　それとも外注の人？」と回答しました。しっかり笑いを取ったのですが、このとき松本人志がポツリと「最近ああいうのもお

最近ああいうのもお客さん笑うようになったからねえ……

客さん笑うようになったからねえ……」と言ったのが解説としても非常に印象的でした。

ＡＤが云々というお題が十分に内輪。テレビ局社員と外注業者の間にうっすら存在する溝、という話はさらに内輪。そんな「業界のオトナの事情」に子役が踏み込むという意外性がこの回答のツボです（笑いの解説をしてすみません、野暮ですね）。しかし、これ、テレビをある程度穿って見る人ならニュアンスがつかめるだろうけど、突然パッと見た人が分かるだろうか。

笑いって、内輪であればあるほどウケやすかったりするものだけど、「テレビ趣味の人だからこそ通じる笑い」は一層マニアックに内輪になり、一般的な笑いの感覚からは遠く深いところまで来ちゃっているのだな。そしてそれを松本人志も感じながら、どうにもできずにいるのだろうな。

2016／6／30

アモーレな加藤紗里／ファンキー加藤紗里

加藤紗里ブログ

野田元首相が安倍政権を批判するための例えとして白鵬の相撲を悪の象徴のように取り上げたことは、白鵬の良し悪し以前に大相撲ファンとして許せないんだけど、「許せない」以外に特に言いようもないので、今週も重要度最低ランクのことを書きます。今年の芸能人ブログ文学賞候補（勝手に決めてます）である加藤紗里のブログがやっぱり元気だ、という話題です。

ベッキーから始まった今年の不倫騒動は、円楽さんやファンキー加藤に及んでさすがにみんな本来の「単にニヤニヤ眺める」という程度の見方になってきた気がします。そんななか、「ファンキー加藤」という名前はネタとして使うにはとてもキャッチーで、おそらく日本中のあらゆる人が不倫のことを「ファンキー」と呼んだりしただろうし、「ファンキー〇〇」と名乗ったりして日常に小さな笑いを差し込んでいる今日この頃だと思うのですが、例の加藤紗里もやっぱりブログで安易に「ファンキー加藤紗里」と名乗っていたのでした。

「加藤」の偶然の一致といい、この安易な乗り方に、いちばんふさわしい人は加藤紗里以外にありえない。自分のうさんくささや浅薄に見られがちな感じを自覚した上でしっかり浅薄なことをやるので、感動するほどハマってます。

しかし、長友佑都の熱愛宣言にかけて「アモーレな加藤紗里で行こうかと思ったんだけど望まれてないことに気づいたので、これからも、『ファンキー加藤紗里』でいくことを決めたよん」と、さらに旬なネタを盛り込むのも忘れない。

加納典明撮影で写真集を出すことを（狩野英孝に絡めて）「新たなカノウ」「どんだけカノウ好きなんだよ」と言ったり、今も文章のセンスは衰えません。やっぱり今年の芸能人ブログ文学賞の座は安泰。

2016／7／7

#宮地佑紀生逮捕を他県民にわかりやすく伝える

ツイッターハッシュタグ

宮地佑紀生が逮捕、と言われても関東に暮らす私にはさっぱりピンと来ないのですが、名古屋周辺では超有名人で、*高知東生《たかちのぼる》逮捕をしのぐニュースだと言われています。

こんな事件にネットはやっぱり動きが早い。ニュースに対するネット上の反応としては「とにかく叩く」パターンと「ネタ化して茶化す」パターンがありますが、今回は後者の比率が圧倒的に高く、さっそくツイッターでは「#宮地佑紀生逮捕を他県民にわかりやすく伝える」というハッシュタグができています。私のようにピンと来ない皆様のために、そこに挙げられた例を羅列してみたのでご覧ください。

岩手なら大塚アナが水越アナを、福島ならカガちゃんがハッピーチエちゃんを、新潟なら和田朋子が近藤丈靖を、千葉なら島村幸男がきゃんひとみを、東京なら吉田照美が小俣雅子を、石川なら月竜香が西川章久を、京都なら中村薫が笑福亭晃瓶を、岡山なら浜家さんがトメちゃんを、島根ならべるをが森谷佳奈を、福岡なら沢田幸二が原田らぶ子を、鹿児島ならむっちゃんがえっちゃんを暴行することに相当するそうです。

さらに言えば、北海道では木村洋二アナが、青森で伊奈かっぺいが、秋田でシャバ駄馬男が、宮城で本間秋彦が、群馬で高橋和実が、埼玉で大野勢太郎が、静岡で平畠啓史が、滋賀で牧田もりかつが、大阪で道上洋三が、香川では植松おさみが、愛媛でらくさぶろうが、広島で世良洋子が、熊本で大田黒浩一が、宮崎でｓ＠ｋｏが逮捕されることに相当するのだそうです！

なるほど、これは一大事だ！（ネット上から任意で拾ったので、正しく例えられているかは責任持ちません）。

ああ、地方タレントって愛されてる。

今回の件は、愛されすぎて専制君主のような立場になってしまった悲劇なのかな、と今のところは捉えておりますが。

２０１６／７／14

＊２０１６年６月24日、覚せい剤取締法違反などの容疑で横浜市内のラブホテルで共犯女性と共に現行犯逮捕された。同年８月１日、妻で女優の高島礼子と離婚。

早く世の中から「イクメン」なんて流行ワードが消え「普通の父親」と当たり前に言える社会になればなあ～

つるの剛士ブログ

EU離脱だの選挙だので世の中が殺伐としているので、つるの剛士のいい話を報告するしかありません。

彼は第5子（！）誕生とともに、6月いっぱい1か月の「家庭休業」をとっていました。その生活は、妻の家事を自分なりに手伝ってみた、という程度ではない。毎日5時半に起きて朝ごはんと子供の弁当を作り、掃除洗濯と買いものをし、夕食を作って片づけるという完全な専業主夫生活です。3人の娘の髪の編み込みにまで挑戦している。

期間が終了した6月30日には長文のブログをしたためましたが、その内容もあまりにもパーフェクト。経験を語ったうえで「これから休業取られる方」と「日々主夫が気づいたコト」に分け、気づいたことを箇条書きで何と87項目も羅列！

「クックパッドありがとう／できれば味の感想を頂きたく思います／人の料理が食べたくなる／ママたちがランチが楽しみなのわかる／SNSに何かと投稿したくなる気持ち

わかる」

「家族以外誰とも喋らない日がある／井戸端会議したくなる気持ちわかる

「男の仕事の大変さとは質が違う／毎日繰り返し／ココが男からしたら一番辛いところ」

……など、経験した者にしか分からない実感のあるメモが並べられ、男に苦労を理解されづらい主婦たちの溜飲を下げているようです。

さらには「芸能人だからそりゃ自由も利くよね」という冷めた目線も意識し、「まだまだ簡単に家庭休業（育休）を取れるような社会環境ではありません。（略）なので僕は今後も大手を振って『皆さん育休とりましょう！』なんて無理強いするつもりはありません」とも付け加えています。

きわめつけはタイトルの一言。ああ政治家に読ませたい。ここまでやりきる彼を「イクメンキャラ」なんて雑なくくり方したらダメだよ。

2016／7／21

批判された発言について痛切な反省と謝罪をした以上、徹底的に勉強し理解してやろうとの決意

大河内茂太ブログ

自民党のトップページには「性的指向・性同一性（性自認）に関するＱ＆Ａ」というバナーが唐突な感じで置いてあります。

ここには、保守政党である自民党もこういう問題に取り組んでいくことが必要だ、というようなことが書いてあり（保守はＬＧＢＴ政策に消極的なのが当然、という考え自体どうかと思うけど）、「性的指向・性自認に関する特命委員会」メンバーの名前が羅列してあります。

しかしずらりと並んだ18名の中に女性の名はたった1名。性の話題だというのにこの偏りとは、さすが自民党様ですね、なんて思っていると、名簿のラストに信じられない名前を発見。

オブザーバー・大河内茂太。

この方は、去年、ＬＧＢＴ支援施策について「宝塚に同性愛者が集まり、ＨＩＶ感染

の中心になったらどうするのか」などという大問題発言をした宝塚市議会議員じゃないですか。よりによってなぜこの人を!?

しかしこれは、結論から言うと誤解でした。

この発言で大いに批判された大河内議員のブログを読むと、なんとこれを機に、この1年でLGBT支援勉強会を何度も開き、エイズの当事者運動の人の講演会に行き、果てはゲイ専門のラブホテルやポルノショップ、「有料発展場」まで視察し、新宿二丁目で意見交換会をするまでになっていたのでした。

党の方針の是非はおいといて、バッシングを機に自分の誤解を認め、それをむしろ専門分野にして、1年で党の特命委員会に呼ばれるようになること自体は素直にすごいと思う。こういう強い議員さんもいるんですね。

それに引きかえ武藤貴也議員は、去年の騒動以来、ツイッターもブログもだんまり。久しぶりのフェイスブックには、離党したのに「自民党をよろしく」だって。LGBTのテーマにいちばん乗っていける立場なのに!

2016／7／28

文学を知らなければ、どうやって人生を想像するのだ（アニメか？）

日本文学振興会

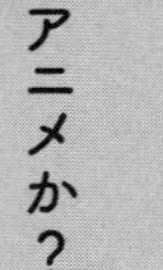

軽く炎上しているからネタにしようかと思ったら、思いっきり文春がからんでいる企画でした。でも言わせてね。「人生に、文学を。」というキャンペーンの件です。

日本文学振興会によるこのキャンペーンのリード文がアニメを小馬鹿にしているということで、炎上。

「文学を知らなければ、どうやって人生を想像するのだ（アニメか？）」

フレーズの「アニメか？」の部分は誰が見たって蛇足です。端《はな》から炎上で話題を集めるつもりなのでは、と邪推する人までいました。批判されすぎて、この部分だけが早々に削除されてしまいました。

私は炎上狙いとまでは思いませんが、別の邪推をしました。

この文章は、コピーライターではない、地位のある高齢の男性が書いたのではないかと。だって、アニメの件に限らず全篇偉そうで、言葉のリズムも悪いんだもん。

まず「人生に、文学を。」という、大仰で陳腐な言い回し（句読点を使っていることも含め）からしてまったく何の工夫もない。「文学」という言葉の重厚で難解で権威的なイメージを一つも崩さず、何のひねりもなく表してしまっている。

そのあと、「読むとは想像することである」として、いろんなイメージが羅列されるけれども、そこにも「男の落魄。女の嘘。」などと難解な言葉で旧時代的な男女観が差し込まれ、「想像しなければ、自ら思い描く人生しか選びようがない。そんなの嫌だね。つまらないじゃないか。」と革張りのソファーでパイプを燻《くゆ》らせながら嘯いた（イメージ）あと、最後にはまたカッコ書きで（一年に二度、芥川賞と直木賞）とむりやりくっつけて文章を終えている。芥川賞と直木賞が、何なんスか。伝わらないよ。

このリード文の作者にまず「文学を」だよ。というか文学以前に「国語を」だわ。やり直し！

2016/8/4

大年増の厚化粧がいるんだ

石原慎太郎

ああ、嫌だなあ都知事選。全員投票したくない。でもこの原稿が載るときには誰かが本当に知事になっちゃってるんでしょう。ああ嫌だ嫌だ。

増田寛也の決起集会に石原慎太郎元都知事が来て、小池百合子を指して「大年増の厚化粧がいるんだ」などと発言したんですって。「いつもの石原節」なんて言われてるけど、子供みたいな薄っぺらい罵倒語だし、もちろん女性に対し侮蔑的なんだからもっとしっかり責められるべき発言です。

でも、さすがに石原氏だってもう少しまともに政策について語った部分もあったはずだと思うよ。いかんせん「大年増の厚化粧」という言葉がキャッチーすぎた。こんなパンチのある言葉があると、どうしてもみんなそこを取り上げる。

小池氏を応援する若狭勝議員はこの発言を知り、街頭でなんと泣きながら批判。だって、ここがいちばん市民の同情を引きやすいもんね。

小池氏本人はそれに対し、「先ほど若狭さんが男泣き。申し訳ないですよ、男泣かせちゃったんだから」などと言う。「女が男を泣かせるなんて、男に申し訳ない」……またずいぶん旧時代的な男女観で、さびれたスナックの会話みたいなフレーズです。石原氏のせっかくの女性侮蔑的発言がかすむような一言。小池氏はさぞかし石原氏と気が合うんじゃないかと思うんですが。

さらにこのあと、若狭氏は報道陣に対して「本当に厚化粧なのか（石原氏は）見たのかと言いたい」とまで言ったらしい。そこはどうでもいいでしょ、というツッコミもむなしい。

政策よりキャッチーな言葉と感情で動いてしまう有権者が多いことはそもそも問題だけど、「厚化粧」で始まったこの無意味な応酬には脱力感しかない。マック赤坂の政見放送でも見て元気になりましょうか……。

2016／8／11・18

リーメイソン

テレンス・リーツイッター

なんだかうさんくさい人、テレンス・リーさんがついに逮捕されてしまいました。元傭兵のはずなのに街中で暴行され大ケガしたり、セクハラ疑惑が起こったり、いろんなことがあったけど、逮捕容疑は公職選挙法違反というこれまた予想外の方向。しかもよりによって幸福実現党に関する選挙違反ということで、うさんくささがどこまでも限りない。

でも、結論から言うと私はなんだかテレンス・リーさんが憎めないのです。容疑者なのに「さん」をつけたくなる。彼のツイッターやフェイスブックを見ると尚更です。ある日の投稿では「オリジン弁当とローソンで合計1700円も爆買い」と記し、かつて傭兵で9000万円の報酬を得ていた（自称）とは思えないくらい金銭感覚は庶民的。

今回の逮捕については、恩人に乞われて不本意ながら応援演説をしたらトカゲの尻尾切りをされた、と思っているようで、「いくら恩人でも、それはないぜ／俺はカスかよ?」と激しく怒っていますが、そんななか「今宵はリーメイソンの幹事長と副幹事長が誘ってくれまして（略）幸いとはこういうことなんですね！」とのツイートが（文中、実名は省略）。リーメイソンって何?

どうやら「リーメイソン」とは、本人のサポータークラブ名のようです。フリーメイソンをもじった団体名はいかにも陰謀論マニア。この飲み会の写真も「千年の宴」というチェーンの安居酒屋。どこまでもほほえましく庶民的です。見れば見るほど、話好きで目立ちたがりで少し厄介な、どこにでもいるおじさんなんじゃないか……と思えてやるせない。

田舎で飲み屋をやってて、ちょっとした奇人として街では有名なこういうおじさんってどこにでもいますよね。リーさんはたぶん居酒屋経営が向いている。過去にシガーバーをやってたらしいけど、居酒屋がいいよ。

2016／8／25

申し訳・・・ありませんでした・・・

中居正広

SMAP解散についてはもう誰もがいろんなことを言ってるけれど、やっぱり私も言及したいなあ。特にマスコミに送られた各メンバーのFAXメッセージについて。こういう公式な文章ってふつう無難なものになるのに、キムタクだけが解散を不本意と考えていることがありありと分かるなど、5人それぞれ内容がかなり露骨。なかでもいちばんすごいのは中居くんだと思う。

「ファンの皆様、関係各位の皆様、我々SMAPが解散する事をご報告させて頂きます。ご迷惑をお掛けしました。ご心配をお掛けしました。お世話にもなりました。このような結果に至った事をお許しください。申し訳・・・ありませんでした・・・。」

これが全文です。

いや、みんな思うでしょ？　思うよね？……なんて洗練されてない文章だ、って。

「関係各位の皆様」という言い方は敬意表現が重複しているし（正しくは「関係各位」

でよい）、ご迷惑・ご心配・お世話、の3連発の短文はいかにもぎこちない。そして最後の、全角の「・」による不器用な三点リーダー。「…」という一文字に収まる活字があるのにそれを使いもしない。

ふつうだったら事務所が丁寧に推敲して、こんな完成度の低い文章は表に出さないと思う。つまり、これを出すということは「今後SMAPメンバーはそんなに守りません」という事務所の宣告にも見えるのだ。怖い。

しかしこの不器用な文章表現は、逆に彼の実直な印象につながっています。特に最後の三点リーダーは、嘆き、悔しさ、言いたくても言えない事実、これらをすべて押し殺したやるせない感情を見事に表しています。

守られないことで、今までより表現が自由になるならいいけれど……。そんな希望の見いだし方をするのが精一杯だよ。

2016／9／1

上西は単なる馬鹿だ

笹原雄一ツイッター

この欄で取りあげすぎてる上西小百合議員が婚約したそうなので、例の堅苦しいブログをチェックしようとしたら最近はあまり更新していませんでした。しかし、その代わりやたらツイッターは更新している。しかもこちらは感情出しまくり。この差は何だ。結婚のことなどほとんど触れず、「アホとか馬鹿とかではなく、橋下さんはもはや無能」「（東国原英夫を指して）馬鹿なタレントさんがテレビで間違いを垂れ流し」などと敵対する相手を責めまくるのみならず、「オリジナリティのない小池（都知事）さん」「（安倍政権は）説明したんだからいいでしょうっていうようなふざけた政権」と、全方位的に敵意むき出しで言葉も激しい。内容の是非はともかく、その目の血走り方にはドン引きです。

ところで、彼女は今年の2月から芸能関係の仕事をしている笹原雄一氏を公設秘書につけているのですが、彼のつぶやきも気になります。

ツイッターによると笹原氏は去年5月に上西氏と知り合ったようですが、同年7月にはすでに呼び捨てしており、8月には「上西のバカ」呼ばわり。一方で12月には「上西の為には家城（以前からの公設秘書）と一緒になんでもする」と誓っており、乱暴な扱いは愛情か何かだと思っているようです。秘書になってからも「勘違いされるのも嫌だから、ハッキリいうけど、上西は単なる馬鹿だ」と書いていて驚きます。

もう一人のオラオラ系・家城氏といい、笹原氏といい、元をたどれば橋下氏といい、彼女には、女を服従させるのが好きなゴリゴリのマッチョイズム男と引かれ合う何かがあるんでしょう。彼女のツイッターはブログと違って明らかにこういう「オラオラ男」の影響下にある。そんなことで議員生活は大丈夫かな。というか、結婚相手も大丈夫？

2016/9/8

「凛子@草むしり中」のアカウントを持つ女性

産経ニュース

蓮舫が二重国籍問題で揺れていますが、この件によってネットの「産経ニュース」のクオリティが地に落ちていることが分かり、そこにいちばん驚きました。

産経ニュースは、「（蓮舫が）平成9年に発売された雑誌『CREA』（文藝春秋）のインタビュー記事の中で『自分の国籍は台湾』と発言していることが分かった。（略）『凛子@草むしり中』のアカウントを持つ女性がツイッター上で1997年2月号だとして雑誌の一部を紹介した」と書いていたのです。

繰り返しますが産経新聞という全国紙がこれをニュースとして配信したんです。目を疑ったよ。

このニュース自体は別の媒体でも出ていたし、内容の問題じゃない。ネタ元が一般人のツイッターだというのが衝撃なんです。ネットだけのメディアでも最近はもう少し裏取りをしますよ。これ、個人ブログのレベルじゃん……。

「凛子@草むしり中」なる人物が何者なのか、ツイッターを読んでも一切分からない。なんと彼女（いや、女性かどうかも不明ですが）はCREA記事の投稿の際「文春あとは頼む」と書いていて、どうやらCREAの出版元である文春に追及してほしかったみたいなんですが、産経新聞はそれをおそらく勝手にネタ元にしたのでしょう。彼女はまさか自分の名前が証拠のように記事に出るとは思わず、戸惑ったはず。投稿翌日にアカウントを消しています。

根拠は雑誌記事なんだから、実際のバックナンバーに当たれば済む話。それなのに、産経は蓮舫を責めるのが嬉しくて、すぐにでも報道したいあまり裏取りの手間を省き、責任を匿名の一般人に押しつけて配信したわけです。

CREAの記事自体は実在しているけど、万が一これが捏造だったらどうするつもりだったのかね。ま、産経は数か月前にも蓮舫関係の報道でネットの噂レベルの誤報を記事にして謝罪してたし、今後も「質よりネット受け重視」で行くのかな。

2016/9/22

自分の人生は自分で決めるの！

坂口杏里ツイッター

坂口杏里のＡＶデビュー作は「What a day!!」というそうで、「なんて日だ！」というバイきんぐ小峠英二のギャグありきのもの。タイトルは彼女が考えたものじゃないだろうけど、小峠が気の毒でしょうがない。彼女の生々しい声が聞きたくて、ブログやツイッターをさかのぼってみました。

ブログのほうはすでに去年末で更新が止まっていて、その頃なぜか別れたはずの小峠と飲んでいます。

ツイッターを見てみると、ほとんど内容がない。こちらも８月末で更新が止まっているけれど、夏は遊んでそうな一般人の大学生らしき男性と内輪っぽいやりとりをする程度で、芸能人らしさが皆無です。

去年12月までさかのぼると、20歳前後に６年つきあっていたという忘れられない彼氏の話をつづっている。年が明けても「好きってなに？　６年付き合ってた人以来好きがわからない！」と。

えーと、あれだけ大好きアピールしてた小峠は……？

やっぱり彼女自身も元から話題作りに利用するつもりでつきあったんだな……と残念な再確認。

さて、同じ頃、長文の少ない彼女のツイッターに珍しくこんな文が。「私は人に流されたくない、自分の人生は自分で決めるの！　後悔するくらいなら後悔するかもしれないって思うなら絶対行動する」

言い方が妙にまどろっこしいが、キメ顔の自撮りも載せていて、なんらかの大きな決意をしたのが分かる。ずいぶん前だけど、彼女はもうこの頃に今回のお仕事を考えていたのかな。

ともかく、坂口杏里についてはみんなで破滅を見守る残酷ショーみたいになっていて、すでにこの状況が悲劇的だけど、ショーですらなくなるともう本当に終わりです。ツイッターはどうにか続けて、ドライな観客とのつながりを保ち続けてほしいのですが。

2016／9／29

ググっても深瀬慧が本名って出てきますよ～

中学生からFukaseへのツイッターリプライ

SEKAI NO OWARIといえばいまも中高生に大人気なわけで、ボーカルFukaseのツイッターにリプライを寄せる層は男性アイドルとさほど変わらず女子中高生だらけ。彼が多くのリプライの中からたまたま誰かに返信すると、その子はやりとりの内容よりも直接会話できたこと自体に狂喜し、やりとりをスクリーンショットして自分のツイッターのトップ画面に保存する熱狂ぶりです。喜び方にも時代を感じます。

そんなか、Fukaseはかつて名乗っていた「深瀬慧」という名についてファンから由来を問われ、「それ本名じゃないよ」とコメント。本名だというのがほぼ通説になっていたので、ファンの間では驚きのニュースとなったらしい。

と、ネットではこんな小さな出来事も芸能ニュースになるんですが、この内容はどうでもいい。それに対する反応がまた「時代」なんです。

深瀬慧が本名ではないという「大ニュース」に若いファンたちはどよめき、また様々な言葉を彼に送る。その中に、中学生女子からの「ググっても深瀬慧が本名って出てきますよ〜」とのリプライが！

この言い方からして、中学生の彼女は「Fukaseってば、間違ってるじゃん。ネットに正確なことが書いてあるのに！」と純粋に思ってるんでしょう。いや、でも自分の本名の話ですからね、どう考えても本人が正しいでしょ。仮に彼が何らかの理由で嘘をついていたとしても「インターネット様はそうおっしゃってるのですか。参りました」とはならないでしょ。二度言いますが、自分の本名の話ですからね。

ウィキペディアなど、本来情報源が曖昧なものを疑いもせずうっかり参考にしてしまうことは私にもあるけれど、もはや一般中学生の認識では、本人からの一次情報よりもネットのほうが正しいということになっているのだ。ネットはまさに現代の神。

2016／10／6

今回も予想とおり炎上中、笑。

医信フェイスブック

*長谷川豊アナの炎上。いくら誇張表現だと言い訳したところで、ブログタイトルである種の患者について「殺せ」なんて書いたら当然こうなるでしょう。むしろいままでよく大炎上せずに来たもんです。

ところで長谷川氏は、一般社団法人「医信」なる団体で理事を務めています。ウェブログやフェイスブックによると、今年6月に設立された、メディカルリテラシーを育むという理念の新しい団体らしい。立ち上げ頃、長谷川氏は、代表理事で医師の岡本宗史氏（81年生まれ、若い）と仲よく写真を撮っている。岡本氏はカロスエンターテイメントという芸能事務所にも所属し、ホスト感あふれる写真がプロフィールに載っています。フェイスブックでは「医療界の異端児こと、岡本」と自称していて、ナルシスティックな一面が気になる人物です。

さて、その医信のサイトでは、長谷川発言について「長谷川自身が義憤に駆られ、独自の取材と倫理的判断に基づき行ったものであり、当社団の公式見解ではありません」と弁解していますが、この文以外の全ページが閲覧不可になっていることが気になります。それどころか、医信のフェイスブックの記事も弁解文以外すべて削除。岡本氏の個人ブログも削除。つまり、逃亡です。

しかし、実はウェブ上の痕跡により、長谷川氏の記事について医信が「今回も予想と《ママ》おり炎上中、笑。」とコメントし、大笑いのスタンプまでつけていたことは明らかなのです。

長谷川氏の暴言の元となったのはおそらく岡本氏を中心とする医信の主張でしょう。炎上した人だけ尻尾切りして、代表理事は全記事削除で逃げおおせるつもりなのかな。

岡本先生、社会保障費についての問題提起自体は重要なんですから、ぜひメディカルリテラシー以前にネットリテラシーを身につけてください。

2016／10／13

＊ブログに「自業自得の人工透析患者なんて、全員実費負担にさせよ！　無理だと泣くならそのまま殺せ！　今のシステムは日本を亡ぼすだけだ!!」という題の文章を投稿し、炎上した。

メンヘラ？ 早く滅びておしまい！

松任谷由実ツイッター

松任谷由実のツイッターがせっかく面白いのに、これを「炎上」と言う人がいる。

10月14日、彼女は唐突に「メンヘラ？ 早く滅びておしまい！」と言い放ち、続けて「ワードが出来ると、それに甘えて寄りかかる」「『私、サブカル』って甘えるなよ」などとも書いたのです。確かに反発は多く、リプライ欄にはマジメに反論する人も登場して荒れたのですが。

「メンヘラ」というネットスラングは「精神疾患を持つ人」という理解ではニュアンスが不十分。元は2ちゃんねるの「メンタルヘルス板」によく書きこむ人のことで、「自称・精神疾患」の意味合いが強い。今回も、文脈上「私、メンヘラだから」と自ら言うイタい子を指しているのは分かる。

だから今回の件については、世代的にもネットに疎そうな松任谷由実が「メンヘラ」という言葉をニュアンスまで正しく使いこなしている面白さのほうが上回ります。

松任谷由実のツイッターは今年の9月になって突然本人が書きこむようになったんですが、その第一声からして「降臨したよ〜／さて、何やって欲しい？（笑）」。自ら「降臨」と言ってるし、つぶやきもまあ見事に上から目線。でも、それがいいんだよ。あのユーミンですもん。

「降臨」直後はファンと直接のやりとりもあったんですが、その後はほぼ一方的なつぶやき。うん、それがいい。他人の声を気にしすぎると「あのユーミン」が守れなくなっちゃうもんね。最近は自らの歌をカバーしたJUJUを褒め、「拙者の『まちぶせ』なんて♪ゆうぐれの〜で、鳥肌ぞわ〜と立ちまくらちよこ！」ですって。

「拙者」って。「立ちまくらちよこ」って。

アーティストのナチュラルな上から目線とマイペース発言、ネットでは貴重だから、今後もスタッフはいい感じで死守して！

2016／11／3

都会の女はみんなキレイだ。でも時々、みっともないんだ。

東急電鉄マナー広告

東急電鉄のマナー広告が軽く炎上してますが、なんだか既視感があるんだよな。

公開された四つのＣＭは、車内での化粧、歩きスマホ、割り込み着席、満員電車でのリュック、という行為について注意するもので、このうち車内化粧バージョンだけが強く批判されています。しかし、批判の理由は多種多様。

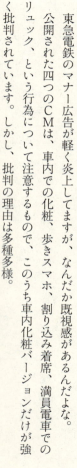

まず、本当に車内化粧はみっともないのか？　というそもそも論から入り、「注意するほどではない。私は気にならない」と主張するタイプ。これについては、個人の意見を言ったところで「気になる人もいる」という事実の前には何の意味もないので却下です。「気になるほうがおかしい」とまで言い切るのは乱暴ですからね。

厄介なのは「化粧がみっともないなんて、性差別だ」というタイプ。この手の人はいちばん怒っているのでこちらも身構えてしまいますが、この広告はあくまでも「電車内での化粧」をみっともないと言っているのであり、ＴＰＯの問題であって性の問題ではない。だから筋違い。

ほかにも「他にみっともない行為はあるのになぜ化粧だけ取り上げるのか」「粉が飛ぶなど『迷惑』という理由なら分かるが『みっともない』というのはお節介」（わりと理屈は納得できる）など、批判派の理屈は分かれ、全然共闘している感じがない。

既視感があるのは、おそらく「腹立たしい↓その理由を考える↓それぞれが賛同を得られそうな意義深い理屈を思いつく」という、批判が生まれるそのプロセスに対してです。

こんなに理由が分かれるってことは、車内化粧の是非よりも、広告に「みっともない」って説教されるのが単純に腹立たしいという話なんじゃないかな。そこにさらに社会的意味合いを載せようとするから荒れるのだ。

2016/11/10

神武天皇の偉業

稲田朋美防衛大臣

11月3日（明治天皇誕生日）を「明治の日」にしたがる議員さんたちがいるそうで。稲田朋美も「神武天皇の偉業に立ち戻り、日本のよき伝統を守りながら改革を進めるのが明治維新の精神だった。その精神を取り戻す」と。

「明治の日」はおいといて、問題は神武天皇ですよ。

今年の参議院選挙後、三原じゅん子が池上彰に問われ「神武天皇は、います！」とＳＴＡＰ細胞ばりに宣言して大いに呆れられたのに、もっと上の人からしてこういう考えだったんだ。神武天皇にモデルくらいはいたかもしれないけど、歴史・科学的には神話上の存在だということは常識ですよね。

稲田朋美の後援会「ともみ組」の会長は渡部昇一。ということで渡部昇一を調べると、彼の講話を販売するサイトには「魂は、ある」とこれまた大きな字でＳＴＡＰ細胞ばりの宣言があり、しかも「十分信じるに足る科学的根拠（を示せる）」とまで書かれている。もはや右とか左とかじゃなく、進化論否定論者並みのスピリチュアル世界に到達しているようです。

一方で、高樹沙耶などが大麻所持で捕まるなか「大麻栽培に皇學館大学と三重の神社界が本腰」なんてニュースも流れてきています。首相夫人も大麻解禁に積極的なのはご存じの通りですが、彼女の話を総合すると、医療や産業利用のことよりも、「日本人の精神性に影響を与える」など、やっぱりスピリチュアルな方向性を重視しているように思えます。

国家・神武天皇・大麻、すべて非科学的なスピリチュアルムードで覆われて、もうちょっときれいに輪を描きそう。このへんの方々がどこまで本気なのか、あるいは何らかの企みがあるのか分かりませんが、これら全部に両手を挙げて賛同できる政権支持者は本当にいるんですかね……？

2016／11／17

トランプが嫌い

レディー・ガガに関する一部メディアの報道

トランプ大統領誕生が確実となったことについて、この連載では誤訳ニュースあたりを取り上げるのが適当かな。

レディー・ガガはトランプタワーの前で「トランプが嫌い」と連呼した……というニュースを流したのは、日テレのnews every.とスポニチ。

ふつうに考えて、レディー・ガガともあろう者が好悪感情をこんな何の工夫もない言葉で垂れ流すとも思えない。

実際に彼女が掲げていたのは「Love trumps hate」という言葉でした。クリントン陣営では去年から使われていたフレーズで、動詞「trump」の「勝る」という意味をトランプ氏にかけて、「愛は憎しみに勝る」としたもの。シャレのきいたアメリカ人らしいフレーズ。

報道するならそのくらいのフレーズは押さえていてほしいし、「trump」を動詞だと気づかなかったとしても「トランプが嫌い」という訳はあまりにも英語力が低すぎる。そう思いつつスポニチの記事をよく読むと、あれ、さらにちょっとおかしい。「ガガは大勢が決した午前2時半ごろ、トランプ氏の自宅があるニューヨークのトランプ・タワー前に現れた。（略）手には『Love trumps hate』（愛は嫌悪に勝る）と書かれたプラカード。（略）『トランプが嫌い』と連呼して車で走り去った」フレーズのほうは正しく訳されてる。えっ、彼女は両方言ったってこと？しかし〝hate Trump〟などで検索してもガガがそんなことを言ったという現地の記事はなく、むしろ「本当のアメリカ人なら、彼の支持者を敵ではなく味方と思うべき」とまで言っている。やっぱり「トランプが嫌い」なんてつまらない発言をするとは思えない。

だから思うに、スポニチ記事は後から慌てて、プラカードの部分だけに和訳をハメこんだんじゃないかと。そういうのダサいよってのと、あと英語は大事だなと、そういう結論です。

2016／11／24

聖地巡礼／神ってる／タカマツペア／新しい判断／都民ファースト／ＰＰＡＰ／斎藤さんだぞ　など

2016ユーキャン新語・流行語大賞

今年はユーキャン新語・流行語大賞のノミネートに「センテンススプリング」をはじめ文春関係のものがたくさん入りました！　文春おめでとう（笑）。

この賞についてはかねてからいろんな人がチョイスの偏りについて指摘している。今回はその偏りをあえて愛するべく、かつて赤瀬川原平が「新明解国語辞典」に人格を見つけ「新解さん」と名づけたように、「新語・流行語大賞さん」すなわち「新流さん」の人格を考えました。

まず、新流さんは若年層、とりわけ女子に流行った言葉は入れず、野球ネタをいつもねじこんでくる。

「ゆめかわいい」という表現は今年、若年層で一般化しているけど、新流さんはこのへんを全然知らない。

アニメ関係ではあまりにも昔から言われていた「聖地巡礼」という言葉を今さら入れ

る感覚もひどい。最近の文化には疎いし、詳しくなるつもりもない。

野球については去年の大賞「トリプルスリー」に首をひねった人は数知れず。今年も「神ってる」を入れてきたけど、ほかのスポーツは「タカマツペア」のみ。「SMAP解散」なんて流行語でも何でもないニュースそのものを選ぶなら、盛り上がった卓球から無理にでも入れ込めばいいのに、かたくなに野球優先。

政治は完全に安倍政権反対派で、政権に批判的な言葉はすぐ入れちゃう。でも、小池都知事に関するものもやたら入れてくるあたり、ノリは軽い。薄〜い左派という感じ。芸能については文春を楽しみつつ必死で追っているので、「PPAP」を覚えた瞬間に「パーフェクトヒューマン」を忘れる始末。「斎藤さんだぞ」には親近感。

これを踏まえると……新流さんは50代以上の野球好きのおじさんかな。

昭和だなあ……。

2016/12/1

ポリコレ棒

SNSにおける新語

新語・流行語大賞は例えばこういう言葉を取りあげてほしい。

「ポリコレ棒」。ま、ネット上でしか流行ってないですが。

ポリコレとは、ポリティカル・コレクトネス＝「政治的に正しい」ということ。差別や偏見が含まれていない表現のことで、分かりやすいところでは、「看護婦」という言葉が必ず女性を表してしまうので「看護師」に言い換えられた例などがあります。

しかしこの徹底が行きすぎると、言葉狩りや表現の萎縮にもつながる。「ポリコレ棒で殴る」とは、差別的ではない（と自称する）表現にもポリコレや人権の観点から過剰に反応し、よってたかって批判することを揶揄した表現です。今回の大統領選で、差別的表現も辞さないトランプが勝利したのは市民の「ポリコレ疲れ」によるものだともいわれており、この言葉は最近一気に人口に膾炙した感があります。

ツイッターを遡ると、「ポリコレ棒」の初出は昨年8月。武器の中でも、剣や銃ではなく殺傷能力の低い「棒」をセレクトしたセンスがニクい。

この言葉は、特にフェミニストからの批判に疲れた人たちが使っている例をよく見ます。確かに、女性の人権についてデリカシーのない発言をしている人への批判は、噛んで含めるように言い聞かせるというより、リツイートや拡散で仲間を募りながら「絶対に折れない・謝るまで許さない・謝っても謝り方が許せない」と永遠に続くかのような攻撃が多い。主張の是非以前に恐怖が先立つのも分かる。一撃必殺でなく、長々と殴り続けるあたりがいかにも「棒」です。

とはいえこの調子では、女性の人権のような「真っ当なポリコレ」を「ポリコレ棒」扱いする人のほうが勢力を拡大しそうで困ります。

権利を主張する際は棒で殴らないように注意したいものです（自戒含む）。

2016／12／8

貴景勝

貴乃花部屋力士の新四股名

趣味ゆえ、相撲ネタが多いことをお許しください。

貴乃花部屋の有望力士「佐藤」が、初場所で新入幕がほぼ確定したことにあたり、「貴景勝《たかけいしょう》」と改名することを発表しました。

私は前から懸念していた。貴乃花親方は宇治市にある太陽神を崇拝する新興宗教法人「龍神総宮社」を信奉しているようで、現祭主の辻本公俊《よしとし》氏の著書『2012人類の終焉』という本に写真付きで推薦文まで寄せている。同社内には、大阪場所用宿舎まで設けている。

以前から同部屋には「貴公俊《たかよしとし》」と「貴源治《たかげんじ》」という有望な双子の若手力士がいるのですが、ちょっと奇妙な四股名だし、特にタカヨシトシなんて読みづらいなあ、と私は思っていました。しかし、後にこの宗教について知り、なるほど祭主の辻本公俊とその父で龍神総宮社の始祖、辻本源治郎の名から取ったのか……と気づいたのでした。

もちろん信教の自由はありますが、2012年に人類が終焉を迎えるなどという思想を親方が支持していることには不安を覚える（終焉はなかったけど、どう思ってるんだろう）。今回の「佐藤」も10代で関取になるほどの有望力士だったので、また宗教に関連した名前がついてしまうのでは、と心配だったのです。

しかし「貴景勝」の名は、親方によると「私が好きな上杉謙信を継いだ、上杉景勝にちなんで」とのこと。ではなぜ「貴謙信」ではないのかという疑問は置いといて、宗教臭がないことにはひとまずホッとしました。

ところが、字面を見ていてふと気づいたんだ。

貴・景・勝。貴乃花・花田景子・若乃花勝。妻と、確執のある兄の名が入っている！やはり上杉景勝はダミーで、由来はこっちなのか!?

家族の名からつけられた貴景勝が、今後花田家の確執解消の鍵になると考えるのは大げさだろうか！（大げさです）

2016／12／15

そもそも他人のプライベートについて盛り上がるアホが最も低レベルでしょ

乙武洋匡ツイッター

私は3年以上前に、乙武洋匡のツイッターの「みなさんがドキッとするような発言多し」という自己紹介文をとりあげ、「障害ジョークなどは予測の範囲内の『ドキッ』である。もっと人間味の発露が見たい」などと言いました(前作に掲載)。

その乙武さんがついに殻を破った。

このたび彼は、不倫騒動*での沈黙からネット活動にも復帰し、ツイッターの自己紹介欄も「一から出直しです！」として再開。さあどう来るか、と思ったら早々に人間味をまる出しに。テレ朝アナの不倫問題で広報部が「プライベートなこと」と答えたことについて「どの口が言ってんだよ。さんざん人のプライベートをいじくり回しておいて、いまさら何を言ってるんだか」と、かつての彼ではありえない感情的で率直な放言！

続いてタイトルのように躊躇なく「アホ」「低レベル」という煽り文句も書きつけ、「キレ芸に転換したの？」というリプライに対しては「いや、もう言いたいことは言うようにしようと思って」と。いいぞいいぞ！

と思ったらその勢いで、昔だったら無視していたはずの、ここに書くのも憚られるような罵倒・差別発言や、言いがかりに近いねちっこい説教にまで立て続けに返信を続けている。あれ、これは単なるヤケクソなのか……？

最近は、水道橋博士が自分について書かれた悪口までことごとくリツイートして衆目に晒したり、SNS界にヤケクソブームが来ているのかもしれない。

しかし、以前からよくネット上の暴言で問題になるホリエモンだって百田尚樹だって、案外大炎上はしません。結果として水道橋博士のツイッターも燃え落ちていないし、暴言にはヤケクソで対抗というのも、ネット上でストレスを抱えないためにはある程度いいのかもしれない。

2016／12／22

＊2016年3月に「週刊新潮」に不倫をスクープされ、「妻以外の5人の女性と関係を持ったことがある」と告白。公式サイトに妻からの謝罪文を掲載するなど大きな話題に。同年9月に妻と離婚。

お尻をかばう

週刊新潮　ザ・グレート・サスケ

*成宮寛貴の薬物騒動が拡散されすぎて収拾がつかないよ。

意図的かどうかは別として、彼の悲痛な引退表明文は週刊誌によるアウティングという〝非道な行為〟へ野次馬の目を向けさせ、見事にコカイン疑惑を覆い隠しました。10年以上前に彼はくしくも同じ「フライデー」ですでに「2丁目時代」を語っているにもかかわらず、アウティング非難は多くの人の同情を誘い、ツイッターでは「なるみやくんかわいそう」と、名前すら覚えていない多くの若者が泣いている。正しくは「なりみや」です。

こんな顚末について書こうとしてたら、突然ザ・グレート・サスケまで登場。息子が10年前に成宮からハラスメントを受けた、とブログで唐突に告白したのです。

サスケの事務所の社長も、ブログで「サスケの息子が、精神的に可笑《ママ》しくなったのも、目の前で見ていてびっくりしたのも覚えている」と書いているので、何らかの事件はあったのだろうけど、週刊新潮の記事はちょっと異様でした。サスケは、「（息子は）成宮さんの話が出ると泣き出し、常に怯えている様子で、普通じゃない。何かを思い出すと、〝痛い、痛い〟とお尻をかばう」とまで言っている。

どんな行為があったかはおいといて、時を経ても突然お尻をかばうなんて、仮にこれが真実だとしたら妄想性の症状も出ている重篤な状態ではないでしょうか。

しかしサスケは、15日の試合後「（成宮が）突然辞めたことに怒ってるんです（略）冗談だったよって笑って戻ってきてくだされば怒らないです」とトーンダウンし、彼が戻ってきたらハグしたいとまで言う。新潮での発言が本当なら、絶対冗談では済まないと思うんですが。

息子のために声を上げる気持ちは分かるけど、今後勢いあまって性的マイノリティへの偏見をまきちらしそう。週刊誌よりサスケの発言のほうが危うい。

2016／12／29

＊2016年12月2日発売の「FRIDAY」にコカイン吸引疑惑写真が掲載され、12月9日に芸能界引退を発表。

2016お騒がせ炎上ベスト10

今年は、まさに文春をはじめとした週刊誌が〝スター〟を生み出してしまった年、という印象があります。正月早々にベッキー・SMAP・清原から始まった騒動も「ネット炎上」とは呼べません。

しかし、それとはまた別で、ネット炎上案件も多い年だったのです。いや、単純な「バカッター」や芸能人の炎上といったものより、もっと普遍的な「論争」が多かったかも。

まず**10位**。9月頃「Jタウンネット」のコラムを発端とした**「いらすとや」騒動**。みふねたかし氏が運営するフリー素材サイト「いらすとや」があまりに多種多様なイラストを無料で配布し、実際に官庁などで使われているため、イラストレーターの仕事を減らすとしてちょっとした論争に。でも結局、フリー素材の良し悪しを語る機会というよりは「いらすとや」でどんな面白ネタが作れるかという大喜利になっちゃいました。これは地味だし炎上ではないんだけど、今年らしいネットの話題としてランクインさせたい。ネットの事件、最終的には大喜利に落ちつきがち。

9位、4月の**熊本地震を取材したテレビ局の一連の炎上**。まず取材中のMBSアナウンサーが何気なくツイッターに上げた弁当の写真で「現地で食糧を調達したのか」と炎上、その後、関西テレビの中継車が列に割り込んで給油したことが判明して炎上、熊本県民テレビの男性アナが炊き出しの焼き芋の列にいた少女をどかしたとして炎上、さらにTBSの中継中に地元の男性がカメラに向かって「見世物じゃねえ」などと激怒する様子が映ってTBSが炎上。震災と直接関係ない野次馬がここぞとばかりに叩くのはどうかと思うけど、これだけ多発するということは、今までも災害の現場ではこんなことがたくさんあったんだろうなあ。

8位、9〜10月に**女性差別的な広告の炎上が多発**。まず志布志市がふるさと納税のPR動画で名物のうなぎを少女にたとえ、「養って」などと言わせ、性的搾取を連想させるとして炎上。資生堂のCMの「25歳からは女の子じゃない」などのセリフが女性差別につながるとして炎上。ついでに、「鉄道むすめ」とコラボした東京メトロのキャラクター「駅乃みちか」が、スカートが透けて下着が見えた絵になっているとして炎上。これも騒ぎが立て続けに起きたので全部同じような問題としてくくられがちでしたが、ひとつひとつ問題の度合いと方向性が違うんですよね。一つの騒ぎの結論があやふやなうちに次の問題が起こってしまうのは悲劇。

7位は、今年は控えめだった芸能界からのネット騒動です。1月頃、**川本真琴**が何者かに対しツイッターで「わたしの彼氏を取らないでください」と呼びかけ、彼氏が有名人であることをほのめかす。中日スポーツがその彼氏を**狩野英孝**だとすっぱ抜くと、まったく無名だった**加藤紗里**が登場して狩野英孝との交際を宣言し、ネットを舞台にした三角関係が勃発。さらには狩野英孝と関係があると主張する一般女性がほかに何人も登場してLINEを暴露し、お祭りに。登場時から強烈な容姿と言動のいかがわしさで注目された加藤紗里だけど、炎上を乗りこなす強靱なメンタルで、結局この騒動でひとり勝ちした感じ。芸能界は奥深いぜ。

6位、8月頃に**中高生専用SNS「ゴルスタ」の運営陣**が、炎上を恐れすぎたのか、少しでも運営側を批判したユーザーを即アカウント凍結・退会させる、復帰のためには反省文を書かせる、果ては個人情報を故意に晒すなど、旧共産圏による粛清主義を思わせるふるまいで大炎上。若いユーザーが運営側に見事に洗脳され、監視し合っている様子がまさに某国のようでした。結局SNSはなくなりましたが、このスタンスから、ゴルスタは「ゴルバチョフ・スターリン」の略だという説がまことしやかに上がる（ゴルビーはそういう人じゃないのに）。ちなみに本当は「ゴールスタート」の略なんですって。

5位、8月14日にある男性のツイートから始まった**PCデポの炎上**。彼の80歳になる父親が高額なサポートサービスを契約させられており、その解約料も10万円ということで、これがサービスをよく知らない高齢者をカモにした商売だということで炎上。PCデポは明らかに初動対応が遅れ、株価は半値以下に。今後も、客側が何か不当な損害を受けた場合はとりあえずSNSで拡散という方法がどんどん流行りそうです。企業側は、もちろん阿漕なことはやっちゃいけないけど、万が一の場合のネット炎上対策もきちんとしたほうがいいですね。

4位、8月18日に**NHKが子供の貧困**を取り上げたところ、番組内で名前・顔出しで発言した高校生のツイッターが特定され、「千円以上のランチを食べているから貧乏ではないのでは」などと一部のネット民が粘着質な指摘を。ここまでなら炎上も小さかったはずだけど、この件でサイゾーの「ビジネスジャーナル」が高校生に対する追い討ちのような記事を書き、その中でNHKのコメントとされるものが捏造と判明、炎上が複雑化。こういうネタにすぐ乗るタチの片山さつきまで参戦（しかも高校生をバッシングする側）。現代の貧困には色々あるのに、片山さつきみたいな政治家は貧困のリアリティがいちばん分かってない、という当然のことを改めて知りました。これを4位にしなきゃいけないなんて、今年の炎上は層が厚い。

3位、11月「WELQ」の炎上。DeNAのネットメディア「WELQ」が信頼性の薄い医療情報を載せており、内容も著作権無視で盗用だらけ、そのうえ責任はライター個人に押しつけているとして大炎上、同社のほかのまとめサイトも軒並み休止となる事態に。これらの記事は、主に素人同然のライターがマニュアルに沿って激安のギャラで真偽不明のネット情報をコピペしているだけであり、おざなりなのも当然なのでした。この事情が発覚してDeNAは現在も炎上中ですが、このサイトを統括しているはずの村田マリなる人物はシンガポールに移住しており、現在は「体調不良」を理由にして一切表に出てこない。最近のネットではちょっとしたことを調べたいときにすぐこの手のサイトが登場して、うさんくさい情報の山でムダな時間を取られることになるので、この機会に一掃されてほしい。

2位、9月頃、長谷川豊の透析患者バッシングによる炎上。本人はいろいろ言いたいことがあるようですが、「自業自得の人工透析患者なんて、全員実費負担にさせよ！　無理だと泣くならそのまま殺せ！」（原文ママ）とブログに書いた時点でもう何を言い訳したって無駄でしょう。個人の炎上なのに2位にしたのは、なによりブログの一記事で彼がテレビの仕事をすべて失ったから。彼によれば「ネットはネット、番組は番組で使い分けているつもり」だったそうだけど、ネットだろうがテレビだろうが、公に発した言葉の重さは均等です。

さて、**1位**はやはり2月の**「保育園落ちた日本死ね」**からの騒動でしょう。子供を保育園に預けられず仕事を辞めざるをえなくなった匿名女性が「女性活躍」を謳う日本社会への憤怒を書きつらねた「はてな匿名ダイアリー」の記事は、激しい共感を得てじわじわと拡散され、ついには国会でも取り上げられることに。言葉づかいの面からすると流行語大賞にまで選ばれたのはどうかと思うけど、匿名のネット記事がここまで世間を揺るがせたのはおそらく初めてでしょう。でも、もしまたこんなことがあっても国会内では「誰が書いたんだ」「ちゃんと本人を出せ」みたいな低レベルなやりとりが起こりそう。

と、これだけ書いてみたけど、なんだか胃に重〜いネタばっかりだ。「死ね」「殺せ」が1、2位なんて……。来年の炎上はもっとポップなものを期待したいです。って、炎上当事者にはポップも何もないわ。

2016ブログ文学賞

今年から勝手に開催します、私が主催する有名人ブログ文学賞。去年は明記しませんでしたが、息子と会えない悲しみなどを言葉数少なく叙情豊かに語っていた清原和博氏のブログが受賞しています。

さて、今年は文句なく**加藤紗里**が初受賞！　大炎上中にも悲愴感を全く感じさせないチャラい文体で、くすぐりの多い長文を書きつづけたことが高く評価されました。加納典明との仕事で「カノウやらカノやら続き過ぎだろ」と自虐するわ、騒ぎの最中、「スタッフ」と書くところをいちいち狩野英孝風に「スタッフ〜〜」と書いてネタにするわ、何につけ豪快。むしろファンを爆発的に増やしたと思われます。他の追随を許さず、文句ナシ！

2017／1／5・12

僕と親しいと語るある芸能レポーター

ＡＳＫＡブログ

週刊文春を楽しんでいる私としては芸能レポーターの仕事のゲスっぷりを責められる立場にないけれど、こと井上公造については、最近、野次馬側ではなく芸能人側に立っているというプライドが臭ってしょうがないと思うのです。

11月にＡＳＫＡ逮捕の情報が出た際、井上氏はＡＳＫＡから以前に受け取った、歌の入っていないデモ音源を「ミヤネ屋」で勝手に流しました。

そもそも著作権以前の問題として、作成途中のデモ音源を公開するなんて音楽家に対し非常に失礼。しかも、曲について宮根誠司は「今までの曲調とは全然違いますよね」と言い、井上氏も同意。曲は明らかに、ＡＳＫＡの言動がおかしいという文脈で使われていました。

私は今までの曲調に似てると思ったけどねえ。デモ音源だからそりゃ雰囲気は違うけどさ。

その後、ASKAはブログで井上氏を「僕と親しいと語るある芸能レポーター」と皮肉を込めて呼び「『絶対に誰にも聞かせないでください。』と、約束をした未公開の楽曲を、全国放送で流しました」と責めました。しかし井上氏は「アーティストとして活動されていたことも伝えようとした」などと言い訳し、書面上では謝罪していない。クスリの件は置いといて、この抗議だけは圧倒的にASKAが正しいです。

一般的な芸能レポーターは「芸能界の城塞に攻め入ってネタを取る」という感じだけど、井上氏は「僕は仲がいいから何でも知ってます。野次馬たちに少し教えてあげましょうか」と、芸能界の城塞の門番のような態度に見える。

彼は今までの行動からして秘密をよく漏らすことは明白なのに、スクープ情報を持っていることがあたかも芸能人との親しさや信頼関係の証明であるかのようにふるまうから鼻につくのだ。ゲスなんだからゲスらしくしてくれ。

2017/1/19

こんばんはー！　星野源でーす！

星野源

紅白歌合戦の自分の出番で、すでに「星野源さんです」と相葉くんから紹介されているにもかかわらず、星野源は「こんばんはー！　星野源でーす！」と大きな声で自己紹介しました。つづいて「紅白〜！」とあまり意味もなく叫んでから、歌い出す。

実は前年も全く同じように「こんばんはー！　星野源でーす！」と言っている。紅白だけではなく、ミュージックステーションでも「こんばんはー！　星野源でーす！　エムステ〜！」と言う。なんのひねりもなく、超明るい。

SAKEROCKという、ボーカルのないインストバンドからキャリアをスタートし、元からマスの人気とは別世界にいたはずの彼は、「さえない学生時代」という強固なバックボーンと卓越した文章力で、従前から「童貞」っぽさ（手垢のついた表現ですが）が前面に出ていました。

だから、長年の星野源ファンはおそらくこの「こんばんはー！」に大きな違和感を覚えているはず。照れも見せず歌い踊り、全国民に明るく挨拶する星野源はニセモノで、「源ちゃんは嫌々こういう役目をやっているのでは」と思っているはず。というか、ファンのその思いは願望に昇華しているでしょう。あの星野源がこんなに大衆的で明るいわけがない、と。

彼は演技も歌も下ネタもイケるということで最近はポスト福山雅治なんて言われてるけど、このファン心理を考えると、福山よりもかつて「王子様」というキャラクターを受け入れていた小沢健二と重なる。

ただ、オザケンのポジティブさが嘘ではなかったように、星野源の明るさも嘘ではないと思う。

彼の今年の目標は「無理しない」。彼には自覚があるのです。

かつての自己像にとらわれすぎず、打ち破るための「こんばんはー！」です。

2017／1／26

AV業界のパロディーの洗礼を受けておりません

西野亮廣ブログ

炎上大好き西野亮廣が「お金の奴隷解放宣言」と高らかに言い放ち、3か月前に発売されたばかりの自著絵本「えんとつ町のプペル」をネット上に無料公開してしまいました。同業種の人たちから芸術労働の価値という観点で批判を受けるのは当然ですが、まあせっかく無料なんで私も読んでみました。

ブラウザを下にスクロールすると、絵と文字（ストーリー）が交互に現れる仕組み。共作による絵のクオリティは確かに高いし、ストーリーも好き嫌いは別として、まあふつうにいい話でした。

さて、「THE END」の文字からさらに先にスクロールしていくと、私は吹き出してしまった。アゴに手を当てたカッコいい「作家・西野亮廣」のモノクロ写真がバーンと登場。ずいぶんデカい著者近影です。

そして、「あとがき」で彼は語る語る。無料公開の理由を述べるのはいいとしても、その前に絵本の内容を説明しちゃう。

「えんとつ町は、夢を語れば笑われて、行動すれば叩かれる、現代社会の風刺」

「大人になる過程で（略）捨てたモノをまだ持ち続けているという意味で、主人公を《ゴミ人間》にしてみました」

あーあ、全部言っちゃったよ。読者から想像の楽しみを奪ってしまいました。

さらに、彼はブログで「AV業界のパロディーの洗礼を受けておりません」「AVにタイトルをモジられてこそ『一流』」とまくし立て、『援交トゥーマッチのプペル』などと張り切って自らパロディー案を出す始末。子供に届けたいから絵本を無料にする、という人が何やってんですか。作品にまとわりつく本人の自己主張がうるさくてしょうがない。

あと、絵本を載せたサイトが、大量の盗用記事で悪名高い「Spotlight」なんですけど、彼はそこから報酬は受け取ってないんでしょうか。気になります。

2017／2／2

茨城県からは、81年ぶり4人目

NHK「時論公論」

稀勢の里が横綱に昇進したのはめでたいのですが、やたら「日本出身」を強調する傾向にはうんざりです。

ここ十年ほど、大相撲では「日本人の優勝が〜」「日本人横綱が〜」と言われ続けていましたが、モンゴルから日本に帰化した旭天鵬が優勝したことによって「日本人」が「日本出身」という言い方に変わっていました。旭天鵬を排除するかのようで、どうも気持ちの悪い言い方。

でも、それに対し「出身なんか関係ない」とまで言い切るのは違和感がある。

そんなとき、ＮＨＫ「時論公論」が稀勢の里を取りあげていて、その冒頭部分だけで溜飲が下がりました。いきなり「茨城県からは、81年ぶり4人目、日本出身力士の新横綱も19年ぶりになります」と来た。それだよ！

昔から大相撲の世界には「江戸の大関より故郷の三段目」という言葉があります。番付には力士の所属部屋は書いていないのに、出身地は書いてある。そのくらい出身地は大事で、好角家はクニモン（同郷）の力士をひいきするもの。日本出身の横綱が誕生したことは、やっぱり日本という「同郷」のファンとして喜ぶべきことであるのは間違いないのです。

ただ、大相撲のファンはほとんど日本人なので、国レベルで言うならほとんどの力士が「同郷」です。その考えがいきすぎれば日本対海外という二項対立の構図ができてしまい、海外勢を敵視するかのようになってしまいます。

だから、出身地の話で言うなら、「日本出身の横綱は19年ぶり」よりも、「茨城県出身の横綱は81年ぶり」のほうを優先すべきなのです。時論公論の冒頭の順序はとても公平。

思えば、「日本人横綱」なんて言わずに、最初から「日本出身横綱」でよかったのだ。大事なのは出身地なんだから。

2017/2/9

文字通り激震が走りました

スポーツニュース

細かな件なのでどこの番組とは言いませんが、某スポーツニュースを見ていたら「チーム に文字通り激震が走りました」という声が聞こえてきました。

それは違う！

いわゆる日本語の乱れには寛容なつもりの私ですが、「文字通り」の誤用にはイラッとしてしまいます。

英語の「文字通り＝literally」という単語は、今や若者言葉で「超」みたいな単なる強調として使われるそうですが、日本語ではどうにかその流れを止めたい。せっかく粋な言い回しなんだから、正しい「文字通り」の気持ちよさを伝えたいのです。

「文字通り」の使い方って、辞書的な説明ではやや不十分。私が思うに、細かく分けると二つのタイプがある。

一つ目は、ある言葉を説明するときに、その字面どおりにしか言いようがないとき。

「携帯電話とは、文字通り携帯する電話のことだ」のような例です。これは簡単。

そしてもう一つ、これが今回問題としているほう。本来なら比喩で使われる言い回しが偶然にも比喩にならず、事実としても成立するときの用法です。これはなかなか当てはまらないだけに、バシッと決まったとき気持ちいい。

例えば、「○選手と△選手はかつて寮生活を共にし、文字通り同じ釜の飯を食った仲だ」とかね。あー気持ちいい。本当に同じ釜の飯を食べてないと成り立たない。

タイトルの文の場合、本当に地面などが揺れていることになります。これはいけません。

「文字通り」の後が元から比喩っぽくないと使えないのもミソです。例えば「今日は文字通り猛烈な寒さでした」もダメ。「猛烈」はいつでも文字通りだから、ここで使う必要はない。

言葉を扱う者として、今後も「文字通り」の用法については文字通り目を皿のようにして見守っていきたいものです（大誤用）。

2017／2／16

多くの日本人は
そこまで政治に興味も持っていないし

長谷川豊ブログ

炎上王・長谷川豊が衆院選に出馬するそうなので、本項ではいつもどおり彼の発言の重箱の隅をつつきたい次第。

彼の本質的な考えは「大衆は自分よりもバカ」「バカは救わなくてよい」だと思っています。大問題となった「自業自得の透析患者は殺せ」という文言も元はといえばここに発するもの。

去年、テレビレギュラーをすべて下ろされたあとのインタビューでもまだ謝罪する必要を何ひとつ感じないと豪語していましたが、今月は記者会見で「僕の100%の誤りだと思っています」とコロッと方針転換。まあ政治家を目指す立場ならそう言うよね、と驚きもないですが、ブログには今もやっぱり本質的な部分が垣間見えます。

最近の「私が維新から出馬しようと決めた理由」という記事では、大前提として「多くの日本人はそこまで政治に興味も持っていないし、ニュースを流し見しながら『へ～

安倍さん人気あるんだ〜』『ほー蓮舫さんか〜』という程度の認識しか持っていないかも知れません」と、ごく自然に「多くの日本人」を見下す。

そしてさらに、ホワイトハウスの元報道官のような人物を目指したいと言ったうえで「またバカにされそうですね。もう笑われるのには慣れています」とうそぶく。バカにされる以前に真っ当に批判されていたのに、そこは無視。「俺様が絶対正義」と信じて疑わない人は、批判を解体して「バカにされた・笑われた」あるいは「叩き・嫉妬」など、感情の部分だけを都合よく解釈する能力に長けています。

あ、全体の内容を要約すると、腰を低くして「私みたいな者が入ってすみません」とひたすら日本維新の会支持者に媚び、維新への忠誠を誓った文でした。そんなに媚びなくても、維新支持者は受け入れてくれるのではないでしょうか。

2017/2/23

人の進路はとくダネ！　なんかじゃ無い

ガリガリガリクソンツイッター

*能年玲奈事件以来すっかりブラックなイメージの芸能事務所レプロと、政界進出も狙う幸福の科学。清水富美加の出家騒動はまるで巨悪と巨悪によるSF最終戦争のような様相を呈し、外野（私もね）は無責任に面白がります。

しかし、本人に近い人はそれどころじゃないのだ。唐突ですが、芸人・ガリガリガリクソンの話です。

彼、ふだんは並の芸人以上に野放図なツイートが多い。しかし、彼が最近、清水富美加（千眼美子名義）のツイッターに直接接触しようとした「とくダネ！」に憤慨し、「人の進路はとくダネ！　なんかじゃ無い。第一、それ僕の友達や。清水は常にロックンロールで最高なんだよ」と彼らしくないことを書いていて私はびっくりしたのです。

調べると、彼と清水富美加は音楽番組「スペシャエリア」で長く共演してバンドまで組んでおり、意外にもかなり仲がよかったようです。親しい友達が突然「出家」する気持ち、想像もつかない。

彼はほかにも「出家如きで清水の酒好きが果たして治るかな」と笑ってみたり、「あいつがもし間違った方向行ったら私が殴る。だから今のところは見てみようぜ」と自らに言い聞かせるように呟いたり。また、清水が好きだったもんじゃ焼きのヘラの写真を見せ「このヘラ、清水に使って欲しいのになー、、僕センゲンさん知らないし」と。

こんなの見ちゃうともう出家騒動は笑えない。事務所も宗教も何でもいいから、あの「清水富美加」に戻らせなよ……。

ちなみに、彼はかつてロケ中に幸福の科学制作の映画を勝手に宣伝しようとする一般人に遭遇し、「宗教の看板持ってイエーイってしてくるのやめてくださいね。キモいですよ！　そんな宗教入る訳ないだろ馬鹿！」とツイートしていました。このことにも自ら気づいてネタにしていて、さすが芸人さんだよ！

2017／3／2

＊「能年玲奈が所属事務所のレプロに冷遇されている」や、「演出や振り付けなどを担当する女性に能年が洗脳されているのでは?」など様々な報道が出て、事務所を独立。芸名を「のん」に変えるなど騒動に。

また来世紀！

古坂和仁

自分が出演している番組の話で大変恐縮です。フジテレビ「久保みねヒャダこじらせナイト」にピコ太郎（のプロデューサー）である古坂大魔王が登場し、以前組んでいたお笑いコンビ「底ぬけAIR-LINE」の話をしていました。

いわく、大ヒットした「ＰＰＡＰ」は、元々コンビ時代からあった「テクノ体操」というネタの発展形。ウケがイマイチなのを分かりながらも、どうしてもやりたくてＮＨＫ「爆笑オンエアバトル」のチャンピオン大会で披露し、案の定、客席審査員からは評価されなかった。しかし、立川談志だけは面白がってくれ、本来存在しなかった審査員特別賞をもらった、と。

となるとその回が見てみたくなりますが、今は便利な時代ですね。ネットで簡単に見ることができました。

「テクノ体操」は、テクノっぽい音楽に合わせて体操のお兄さん風の二人が体操っぽい小芝居をし、そのあと早口言葉を言う、という、なんとも文字では説明しづらいものでした。放送は99年8月で、PPAPが世界中に広まる17年も前のことです。服装は今とは全く違ってランニングに短パン姿、もちろん音楽も違うしPPAPそのもののフレーズはないけれど、いちばん最初の体操の動きは間違いなくPPAPのダンスと同じ。こんなに昔のものがいま花開いたのかと思うとちょっとゾクッとします。

しかしさらにゾクッとする部分があった。ネタのラストで古坂和仁（当時の名前）が言い放つ一言は、なんと「また来世紀！」

「また次回」「また来週」みたいなフレーズを言い換えただけの小ボケだけど、まさかこれが17年もの時を経て現実になるなんて！　彼は予言していたのだ。このネタを元に、「来世紀」に世界的ブームを巻き起こすことを。

結論としては、「立川談志はすごい」という話になってしまいます。

2017／3／9

ブスって言われると辛くないですか？

たんぽぽ　川村エミコ

アベマTVに、「おぎやはぎの『ブス』テレビ」なんて番組があるらしい。「自称ブス」とされる女性がひな壇に並んだトークバラエティで、「『ブス』のいうことに耳を傾けやしない世の中に『ブス』のホンネをお届け」するのだそうです。一通り見て、思った。番組内容は表向きは「ブスの味方」というスタンスだけど、そもそも「ブス」という言葉は罵倒語だし、全体的にはただただ「『ブス』という言葉をあえて言いまくるから、タブーを破っていて斬新！」という程度の空気感です。そして、「ブス」という言葉はやっぱり、どうしても、笑えない。

男の芸人は平気でハゲ・デブなど容姿をいじるけど、私はそれも自虐以外は厳しいと思ってしまう。これが殊に女で「ブス」となると、ただ辛い。もちろん自分が言われているわけじゃないけど、出演者の自虐ですら辛い。

私がデリケートすぎるのか？　と思っていたら、決してそんなことはなかった。

「ブステレビ」最新第8回の冒頭でおぎやはぎが阿佐ヶ谷姉妹に対し「もうブスじゃない。『おばさん』」「ブスって言われるってことは若いってこと」などと屁理屈を言い(この発言自体ひどいけど)、その論調に場が支配されたとき、川村エミコが言ったのです。

「でも、ブスって言われると辛くないですか?」

この至極当然の質問に、会話の流れが一瞬淀んだのを私は感じました。それを言っちゃうとギリギリで持ちこたえているこの場が崩れる、という出演者の危機感が見えたのです。

「ブス」という罵倒はやっぱり、辛い。それはみんな分かってる。だから、自称「ブス」を貫くには心を麻痺させないといけない。川村エミコの質問に答えたら麻痺が解けて番組が成立しなくなるのだ。「ブス」はそのくらいデリケートな言葉なんだよ。

2017/3/30

ユーチューバーってなんなのさ

ヒカキン

コラム欄が広くなった！　これからは言いたいこと全部書けるぞ！　やったー！　せっかく広くなったので意義深いことでも書こうかと思いましたが、ここは主にネットやブログなどで見た瑣末な出来事の言葉尻をとらえる場所。今回も、世間で見向きもされない事柄をネタにします。

だから、ユーチューバーの話なんか書いちゃいます。最近、はじめしゃちょーが謝罪したという話です。

知名度が不安な固有名詞だが、はじめしゃちょーとは日本トップクラスのユーチューバーです。大食いやゲームの実況など、ぶつ切りで編集した小中学生が喜びそうなオリジナル動画をYouTubeに載せ、広告収入で生活している人です。ヒカキンだったらもうちょっと知名度があるでしょうか。あのタイプの人です。

私も今回これを書くにあたってはじめしゃちょー氏の動画を一つ見てみたところ、

「お腹が膨らむ飲料を大量に飲んで、実際に膨らみを検証する」という企画で、メジャーで腹囲を測るとき、インチで表示された数字を見て「僕のウエスト23・5㎝」と真顔で言い切っていました。初歩的なミスに気づかないまま、テロップまでつけている。予想を下回るクオリティ。

　ともかく、そんな彼がマジメに謝罪していた。理由はなんと、二股や浮気（一応、本人は否定）です。不倫ですらない。

小者感
おつきあいさささせ
いさざいた女性…
期待してます…
けど 変顔と
動画中の変な効果音
は受け入れづらい
リーダー
謝罪会見
なのに
ネクタイ曲がってて
そりゃスタイリスト
いないわな…
と思った。
HELLO
YOUTUBE

　謝罪動画では、「おつきあいさせていただいていた女性」という過剰に丁寧なフレーズを言おうとして口が回らず、話すたびに口内唾液の音が聞こえていました。いつも作成している動画のみならず、謝罪の騒動そのものも、謝罪動画も、質がことごとく低い。これがトップユーチューバーなのか、とげんなりすること請け合いです。

　ただね、ここまでは予想範囲。「ユ

ーチューバーなんてそんなもん」とみんな思っているでしょう。

日本でユーチューバーの第一人者といえばヒカキンですが、私は彼に対しても特に良い印象はなく、子供だましの動画をやたら上げて稼いでる人、というイメージでした。ところが彼は最近、珍しくユーチューバーについてのネット記事を批判する内容の動画をアップしていたのです。

その記事がユーチューバーの平均給与を月747万と記していたのに対し、これはトップ20人の平均だとして印象操作を批判。さらに「ユーチューバーってなんなのさ」というテーマでアンケートも取り、かつて話題となった、コンビニのおでんをツンツンつつく動画を上げて逮捕された男を例に挙げ、あんなのはユーチューバーではない、と呼びかける。ユーチューバー全体の印象を向上させようとする強い意志が見られました。

正直、ヒカキンは単に早くこの世界に参入したからユーチューバー代表のような顔をしているのだろうと思っていたのですが、仮に成り行きだとしても、代表的な立場になると自然とこうして「ユーチューバー界」を支える存在になっていくのだな。

動画の質も含めて試行錯誤中のユーチューバー界、ぜひいい方向にまとめてほしいよ。

2017/4/6

モンゴル帰れ

スポーツ報知

大相撲ファンを続けているもんで、当然今場所の、ケガを押して出た稀勢の里の優勝にはいろいろと感じるところがあります。しかし今回気になったのは断然この差別案件。14日目、優勝争いをしていた照ノ富士が、これ以上一つでも負ければ大関に復帰できない琴奨菊に対し立ち合い変化で勝利。館内が異様なブーイングに包まれるという事態になりました。

このブーイングは仕方がない。背水の陣の琴奨菊に対し、格上で圧倒的有利なはずの照ノ富士が真っ向勝負を避けて勝ったのです。後から照ノ富士もケガをしていたことが判明したけれど、お客さんは知るはずもないし、やはり相手力士が人生のかかった勝負をしてくるというときにこの立ち合いでは叩かれるのも当然でしょう。

しかし、もっといただけないのはスポーツ報知の見出しでした。この件について、「照ノ富士、変化で王手も大ブーイング！『モンゴル帰れ』」という記事を打ったのです。

ま、ともかく照ノ富士は本来
めっちゃオチャメでチャーミングな
力士なので
192cm
25歳
デカい
無邪気
165cm
付け人だけど
教育係
付け人 駿馬
35歳
付け人との
コンビネーション含めて
お見知りおきを……

「モンゴル帰れ」はダメだ。法務省がまとめたヘイトスピーチの例として「〇〇人は祖国へ帰れ」が挙げられているのだし、問答無用でアウトです。

スポーツ報知はこのアウトな野次をタイトルに持ってきたうえ、その是非を問いもせず、さらにその後に「土俵下の二所ノ関審判部長（元大関・若嶋津）は『がっかりした。（横綱に）上がる人がね…。ブーイングも分かるよ』（略）と苦い顔」などと続けたため、まるで親方がヘイトスピーチを是認したかのような記事に。二所ノ関親方もいい迷惑です。

ただ、これに対する意見にも同意しかねるものが多い。小説家の星野智幸氏はBuzzFeed Newsで、大相撲ファンを自認すると言いながら、日本人力士とモンゴル人力士への拍手の大きさがまったく違うことについて「そもそも、相撲は国別対抗戦ではない（略）。露骨な出自びいきに戸惑いました」と言うが、大相撲はそもそも大いに出自びいきをするものです。国別対抗戦ではなくとも、おらが村のお相撲さんをひいきして応援するものだからこそ、番付に出身が書いてあるのです。平均的に見て、日本出身力士のほうが拍手がかなり大きくなるのは当然でしょう。極端に公平を図ろうとする見方にも違和感があります。

もちろん、だからといって出自の違う人を貶していいわけはないし、「日本人」という理由だけで応援するのは力士全体への敬意が足りないと言わざるをえません。

さて、このように周りがざわざわうるさい中、稀勢の里はケガを負いながら優勝し、照ノ富士は敗れたわけで。

稀勢の里は優勝から一夜明けた会見で「けがをしないことが一番。今は反省です」などと、今場所をなんと反省の弁で振り返ったらしい。

照ノ富士はというと、こちらも「(ケガをした稀勢の里に対し)やりづらさはなかった。自分の問題」と、言い訳もせず、無礼なお客を責めることもなく、殊勝なコメント。

対立を煽る者、それを非難する者の言葉が飛び交うなか、当事者の力士2人は完璧すぎるほどの言葉でした。

2017/4/13

キャラクター捕獲ゲーム型

日本生産性本部

日本生産性本部が、平成29年度の新入社員のタイプを「キャラクター捕獲ゲーム（非ポケモンGO）型」と命名したことがニュースになっていました。「レアキャラ（優良企業）を捕まえるのは難しい。ネットを駆使して情報収集し、スマホを片手に東奔西走」する様子などが理由だそうで。

うまいもんだ、なんて思ったら負けだ。この新入社員のタイプ「○○型」は毎年発表されているけど、ほぼ毎回ものすごく安易に前年の流行に乗っかるのです。

実に44年も前、73年の「パンダ型」からスタート（前年にパンダ来日ブーム）。85年「使い捨てカイロ型」、93年「もつ鍋型」、03年「カメラ付ケータイ型」そして去年の「ドローン型」など、よくもまあ毎年ここまで表層的な流行ネタでいってしまうものだと思います。命名理由なんて、こじつけでどうとでもなりますからね。

主催する「日本生産性本部」は、その曖昧な名前で類推できるとおり天下りを指摘されている団体。新入社員のタイプの命名という特に何の社会的意義もない慣習は、社員研修などを手掛けていた坂川山輝夫氏がおっぱじめ、この方が30年間もやり続けた末、15年ほど前に日本生産性本部の「職業のあり方研究会」なるものが引き継いだそうです。引き継ぐなよ。

　では「職業のあり方研究会」とは何なのかというと、この「新入社員のタイプ命名」と「『働くことの意識』調査」なるアンケートをしていること以外これといって活動内容が分からない団体です。謎の団体ってなんぼでもあるねえ。

これを決める会合は
楽しそうだな〜とは思います
「パーフェクトヒューマン」
型はどうだ？
それじゃ
ホメ言葉に
なっちゃいますよ〜
ワイワイ
酒を飲みながら
決めていると予想……

　ところで、新入社員タイプ命名については、ウィキペディアにすら堂々と批判されています。曰く、「その年の『新入社員タイプ』を発表し新入社員全体を十把一絡げにレッテル貼りをしている。なお、発表は3月のまだ新入社員が社会に入る前である」と。「レッテル貼り」と斬り捨てられた上、皮肉まで付け加えられている。ウィキに叩かれるなんて、よっぽどです。

ま、でも、この慣習を批判するのは簡単なこと。社会的地位の高い年配の面々が、ターゲットにしやすい「今どきの若者」を毎年変わらずいちばん簡単な流行に引っかけて、ピリリと辛口（こんな言葉も死語だ）の理由をこじつければ終わりなんだから、内容の陳腐さは知れている。実は「ユーキャン新語・流行語大賞」や「今年の漢字」よりも歴史は古いというのに、クオリティがあまりに低いからいまいち浸透していないんでしょう。ニュースにしたら天下りのおじいちゃんたちが喜んじゃうよ。

などと思いつつ現時点での「職業のあり方研究会」座長・岩間夏樹氏について調べてみると、大企業の元幹部や元官僚などではなく社会学分野でしっかりと学者の道を歩んできた方で、「若者の働く意識はなぜ変わったのか―企業戦士からニートへ」など、若者についての研究書（お説教エッセイというわけではなさそう）も上梓している方でした。

だったらなおさら、平成も29年になるんだから、この安易な企画に一石を投じるようなネーミングをお願いします！※

2017／4／20

※なんとこの企画、平成29年度をもって終了してしまいました。

嘘松

2ちゃんねる

紙媒体にほとんど取りあげられず、ネット上だけで咲き誇る独特の現象及び言葉については なるべく追っていきたい。ということで、「嘘松」という言葉を紹介します。

いや、遅いんだ。現在の用法での「嘘松」という言葉は、確実性の高い初出が2016年1月3日の2ちゃんねる。すでに使われはじめて1年以上経過している。しかし私が知ったのはごく最近で、現時点でもツイッターで数分に1回は使われている用語なので、ある程度の普遍性を獲得しているといっていいはず。ボーイズラブを好む「腐女子」という言葉も一般化するまでにものすごく時間がかかったわけで、この言葉にも同様に広がる余地を感じるのです。

「嘘松」発生の大きな契機は、アニメ「おそ松さん」が始まった直後の15年11月、ツイッターアイコンも「おそ松さん」にしている一ファンが「実録・仮免とりに行ったらリアルおそ松お兄さんに会った話」なる自作漫画をネット上にアップしたことです。

その内容は、彼女が「ファッションから弟がたくさんいるという境遇まで、『おそ松さん』そっくりのイケメンに偶然出会い、彼が自らかわいい弟たちの〝ノロケ話〟をペラペラ話してきた」というもの。この漫画は大いにウケて拡散されたものの、実録と言い張るわりにはあまりにも話がおそ松さんファンに都合が良すぎ、嘘くさいということで叩かれることにもなりました。

このタイプの「腐女子の虚言」とされるものはツイッターに多く、また、こういったエピソードを書く人は腐女子人気の高い「おそ松さん」をアイコンにしていることが多かったため、「腐女子にウケて拡散されることを狙った嘘（っぽい）エピソード」のことを「おそ松さん」のもじりで「嘘松」と呼ぶようになったようです。そこから転じて、今では実話風に書かれたいかにも嘘っぽい面白エピソードは総じて「嘘松」と呼ばれている模様。

例えば……（これは実際にあった書き込み）

> 木陰に中学生くらいの男子が2人いて、1人は暑さで具合が悪いのかベンチで寝てて、もう1人が膝枕してた
> 膝枕男子『けいちゃん大丈夫?』

寝てる男子『……うん』
膝『こういう時なにがいいの？』
寝『……水とか、塩分』
膝『塩か……俺の汗舐める？』
寝『……舐める』
舐めるんかい

たぶん… たぶんだけど
嘘松を作る人は ゼロから創作するのではなく
1を100にしているのだと思う
あぁっいい感じのイケメンが2人並んでるっ…!!
ササササ
さっきスーツ姿のガチムチ2人が「明日出張だよ～」「俺をおいて?」「だってしょうがないだろ…」とか言い合ってて思わず壁を殴った私いま骨折れて救急車乗ってるけど何か質問
そのクリエイティビティ 嫌いじゃない

実録風に書かれたこんなツイート、BL漫画っぽすぎて非常に嘘くさい！こりゃ嘘松だ。こんな男子は実在しないだろう。

でも、いいんだよ。

元々BLは「やおい」と言われていて、それは「やまなし・オチなし・意味なし」の略です。つまり、創作したBLの物語そのものはつまらなくなりがち。だから「実際にあったことです！」と言い張ることは話の最大の補強となり、命綱となる。「嘘松」をやってしまう気持ちも分かるんです。

「嘘松」という言葉が生まれたことで、嘘を暴く姿勢が正しいとされ、実在の面白いエピソードまで嘘松認定されるほどつまらないことはない。

嘘は各自が勝手に認定して、話に本気で感激しているような人まで含めてニヤニヤ眺める態度がいちばん平和なんじゃないかな。ニヤニヤ。

2017／4／27

名前を変えました！

志村けん

殺伐とした世の中、志村けんのインスタグラムに男性器の画像がバーンとアップされた心躍る事件を私は忘れない。

画像はすぐに消去され、事務所は即座に「あれは不正アクセス行為を受けたのであり、乗っ取られました、警視庁にも被害を報告しました」などと発表しました。

えーと……、なるほど。

志村けんといえば、もちろんバカ殿や変なおじさんで有名な一流コメディアンであり、一方でプライベートでは寡黙だなんてイメージがありますが、ネット上での志村けんのイメージはどちらとも大きく違います。

ＳＮＳに慣れない高齢者の典型的な傾向として文章に句読点を打たない（あるいは打ち方が変）というものがありますが、志村けんはまさにこれ。ほかにも数字の全角と半角が混在する、「ばか殿」「フナッシー」など細かな表記ミスがかなり多い（正しくは前

者がカタカナで後者がひらがな）など、たどたどしさはあらゆる文章に宿っています。去年の1月には、同日に同じ写真をインスタグラムに4度もアップするなど、操作ミスも多い。気づいていないのか面倒なのか、これを削除もしていません。

画像の内容はというと、誕生会などパーティの写真は綺麗どころに囲まれたハーレム状態のものばかり。また、「飲み友達」と称してモデルの竹下玲奈がやたらと登場するのが気になります。これがまた誰でも二人の関係性を疑いたくなる親密な写真ばかりで、酔っぱらった竹下玲奈と顔を寄せ合い、自ら「ばーかでーす」なんて惚気《のろけ》たようなコメントを添えている写真に、読者から「レナちゃんを変な世界に引っ張らないで下さいね。優香の二の舞にはしないで下さい」なんてきわどいコメントがついていますが、これも削除していません。

ということで、私なりにまとめると、ネット上の志村けんはSNSに果敢に挑戦しつつもまったく扱いに慣れず、それでいてバカ殿を地で行くように若い女の子との写真をアップすることに情熱を燃やしている、わりと脇の甘い愛すべき変なおじさんです。

さて、今回の「乗っ取り」を受けて志村けんはどうしたかというと、ken_shimura_bakatonoだったインスタのＩＤをken_shimura_67に、さらにken_shimura_bakatono67にとなぜか二度変更。そして「私のアカウントに不正アクセスがあったらしく何者かに投稿されていました。名前（注：ＩＤのことと思われる）を変えました！　気をつけます」と投稿。

えーと、名前なんか変えても何の意味もないんですよ。

その一言で、「乗っ取り」に対しては特に危機感を抱いてないことが分かっちゃいますよ！　乗っ取られたんならパスワードを変えなきゃ。そもそも本当に乗っ取られたんなら、パスワードを勝手に変えられて自分ではアクセスできなくなりそうなものでして……いやいや、あんまり言うのは野暮ってものさね。

でも私は、突然インスタを乗っ取られる不穏な世界より、すけべで変なおじさんが自分の局部写真をうっかり操作ミスでインスタに上げちゃう世界の方が愛せるんだ！

2017／5／18

【躍進】だからこそ。…お察し下さい。

細川茂樹ブログ

細川茂樹が事務所との契約問題で去年から揉めています。

経緯をたどると、細川茂樹は昨年末に突然パワハラを理由に契約解除を通告され、細川側の仮処分申請が認められて解除は無効となったものの、結局今年5月で契約終了。彼はそれにともなってブログを閉じるとのことなので、さっそく読んでみたのですがこれがなかなかの代物です。

私は内容以上に文体で人を判断する癖があり、特に句読点の打ち方のおかしさ、カッコ（特にスミ付きカッコと呼ばれる【コレ】）の異常な多用を見ると、少し本人の精神状態を疑い始めます。文意が通らない、説明もなくオリジナルの造語がある、という状態であれば不安はさらに高まります。

契約終了直前の5月2日の記事「渇すれど盗泉の水飲まず」は、こういう点でだいぶ危ういのです。彼のブログの過去記事を読んだところ、スミ付きカッコの多用は以前か

【躍進】だからこそ。…お察し下さい。

ブログ冒頭部、いきなり鳥居の名前の写真から始まるのも怖いです
こんな写真↳
鳥居の柱の部分。
細川茂樹
家電神社
ポワワーン
（神社名はウソだよ）
なぜか山口県の某神社に鳥居を寄贈しているらしい
突然のスピリチュアル

らの癖のようだし、そもそも彼の文章は下手なほうですが、それにしてもこの長文の記事は複雑怪奇で分かりづらい。

　まず、文中によく読むと分からない造語がいくつか。

「このボイスデータ、他に、社長と協議した内容、暫定人物らの要求、有り余る証拠の記録（略）等、東京地裁へも提出し証明した、膨大な確証データは、確実な資料として全て、それぞれに預け共有、既に対応が為されています」

　この部分、ただでさえ読点が多すぎて分かりづらいが、なかでも「暫定人物」という不思議な造語が気になります。

「今尚、操作上位の一部週刊誌の捏造文を掲載させた人物がいますが、その場にいた社外の人間は僕の先生だけでした」

　この文章も分かりづらいですが、特に「操作上位」という奇妙な言葉が引っかかる。

ほかにも読んでて不安になる部分は多く、たとえばここ。

「本来なら今年は、各地で仕事が増加傾向にあり、皆さんとふれあう機会も増える予定で楽しみでした。【躍進】だからこそ。…お察し下さい」

この書き方だと「躍進」という言葉に何か深遠な意味が隠されてそうですが、過去の記事に「躍進」という言葉が使われたのはたった1回。それもごく平凡な文脈でした。何を「察し」たらいいのかさっぱり分かりません。

「3年前、或る人物が現れ、次第に異常な環境が始まり、フェイクとの葛藤の中、日常が汚され始めました」「サイバー攻撃も受け（略）全ての端末が常に異常。常識で安全性が保てない。PC内のファイルが壊され閲覧した侵入形跡／誘導するアイコンに変わる現象」このあたりになると、もはやASKAのブログすら想起させます。

ついでに言えば、最後に弁護士の名で書かれた補足の文章でも【】が多用されており、ここもどう見ても本人が書いたとしか思えません。

契約問題のせいでこうなったのか、こうなったから契約問題になったのかは分からないけど、精神がかなり不安定な状況なのは間違いないんじゃないかなあ。どうかまずはその解決を……。精神のバランスの崩れは言葉の崩れから。

2017／5／25

征伐します。戦争したくないから抵抗するな

高須克弥ツイッター

高須克弥氏が大西健介・蓮舫両議員を訴えると言い出した騒動。こんなくだらないことは長引かないことを望むけど、登場人物ほぼみんな話がヘタで人の話を聞いてない！と思ったので、余計なお世話だけど解説したくなりました。

報道では、大西議員が高須クリニックのＣＭを「陳腐」と発言したことに対し高須氏が名誉毀損で１千万円の損害賠償を求める、とある。これだけだと「こんな軽い悪口で訴えたの？　もっと事情があるのでは」と思います。調べてみると確かにもう少し事情があったんだけど、結論としては、高須氏が「陳腐」と言われて激怒した、ということでさほど間違っていなかった。

大西議員の発言は衆院厚労委でのもの。要約すると「美容医療は口コミで広まりづらく高額であるという理由で、派手な広告が増えがちである。しかし元々医療分野の広告については非常に強い規制があるので、医療機関名や連絡先を繰り返すばかりのものが

多い。例えば『イエス！○○《マルマル》』と名前を連呼したり、若い女性がゴロゴロ転がって電話番号を言ったり……これらは非常に陳腐だと思うが、大臣はどう思うか」という質問。

これだけを取り出すと、ただCMの質を腐しただけの、ほとんど意味のない質問です。大西氏、なぜここで話を切ってしまったのか。そのあとの「テレビCMは電話番号や名前を連呼するだけだが、ウェブやチラシでは内容が自由で、締め付けに差がある。有用なことはテレビCMでも言っていいのでは」という質問のほうがメインなのです。

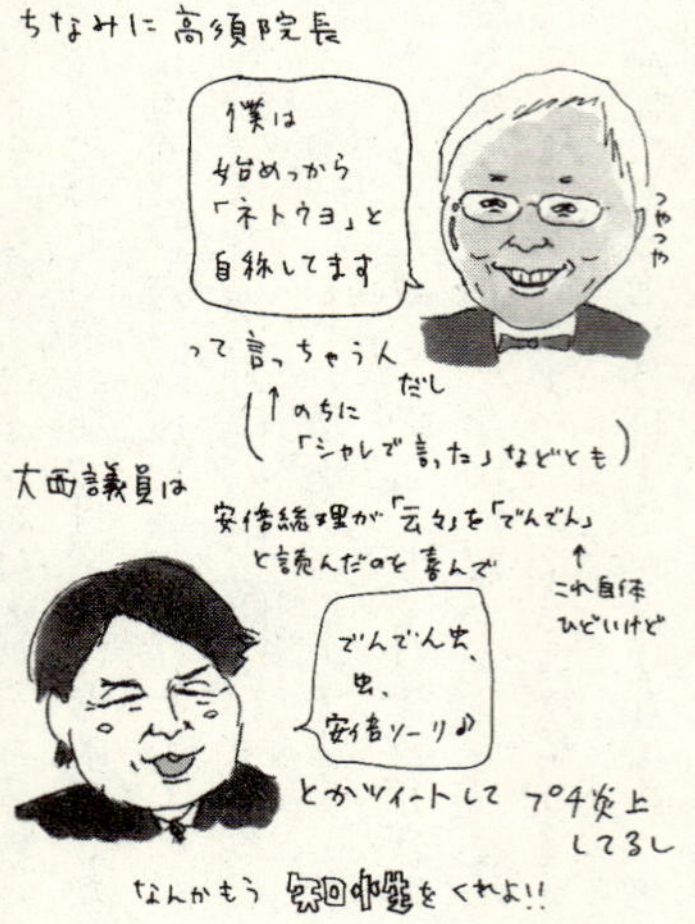
ちなみに高須院長
僕は始めっから「ネトウヨ」と自称してます
つやつや
って言っちゃう人だし
↑のちに「シャレで言った」なども
大西議員は
安倍総理が「云々」を「でんでん」と読んだのを喜んで
↑これ自体ひどいけど
でんでん虫、虫、安倍ソーリ♪
とかツイートしてプチ炎上してるし
なんかもう知性をくれよ!!

さらに厄介なのはその前に、美容医療の悪徳ビジネスについて説明するとき、「テレビで盛んにCMをしている超有名な美容クリニックの医師のブログ（注：克弥氏の息子の高須幹弥氏のブログ）」を引用したこと。「うちはそういうことやってませんよということで書いてある」と大西氏は付け足していますが、CMに言及するとき同様、固有名詞を出したも同然の言い回しなので少し悪意は感じます。

さて、これに高須氏はどう気づいたかというと、なんと、終始中国や韓国についてのヘイト発言を書きつらね続けている正体不明のツイッターユーザーから知らされたのです。

高須氏は、その人が大西氏の発言を曲解してまとめた「少額エステで客を釣って高額な美容医療へ誘導してんじゃやね？　例えば派手なテレビＣＭをやってる『Ｙｅｓ○○クリニックとか』と民進党が騒ぐ」というツイートをまるまる信じて激怒。「ただでは済まさない」「おとしまえをつけます」「征伐します。戦争したくないから抵抗するな」などと吠えていて、ツイートの言葉を見たら高須氏のほうが脅迫罪になりそうです。

今回の質問で大西氏は、高須クリニックを「ＣＭが陳腐」ということ以外では直接腐していないけど、関係ないところでもわざわざほのめかすというヘタを打っている。それに対し高須院長は悪意だらけの極右思想の人にすぐイエス！　と言わんばかりに応じてしまい、内容を精査せず激怒して脅迫。全員嚙み合ってない！

2017／6／1

人は容易に慣れてしまうものだが、絶対にそうはならない

福原愛

福原愛が唐突にツイッターを始めました。最初のツイートでいきなり「見方も何もやり方がわからない」と言い、その後も「返信ツイートとリツイートとなにが違うんだろう(・・?)」「たくさんのフォロアーさんありがとうございます♡」「(筆者注：フォロアーではなく、フォロ)ワーでした(@_@)フォロワーさん、ごめんなさい(＞人＜;)」などと書いていて、初心者らしくたどたどしくてかわいいと、ネットメディアでもおおむね好評です。

いやしかし、これは本当にたどたどしいのだろうか。「やり方がわからない」わりには、1ツイート目でいきなり自撮りではないしっかりした写真をちゃんと添付している。

6ツイート目では「レスリングの登坂絵莉ちゃんからもマネージャーさんからも本人ですか？　というご連絡をいただきました(略)本人です…なにか証明できるもの…格さんの持ってる印籠みたいな役割のできるもの…うーん(。_。)探してきますっっ」な

どと書いていて、1ツイートに事件性とユーモアとかわいげを全部乗せしている。ツイッターの「観客」の目線をしっかりと意識した文章です。ほかのツイートの方向性もおおむねこうで、感情的だったり、内輪ネタが過ぎたりするツイートは全然ない。

ご存じの通り福原愛は中国語が堪能で、中国や台湾のファンも多く、中国版ツイッター「微博」は以前からやっています。微博のほうを見てみると、ツイッターを始めたタイミングで「日本版微博を始めたけど、いいねもリプライももらえない。公開できていないのかな?」といった内容（原文は中国語）を投稿して、フォロワーにあたる方々にアドバイスを求めています。もう慣れたものなんです。絵文字もかなり多用。

日本向けツイッターの
画像を見てると
前髪切ったよん
とか やってて…
(ま 本人がやりたいなら いいんだけど)
わざわざ「アイドルふるまい」をしなくたって
いいのになあ…… とか思う

改めてツイッターを見てみると、こちらには絵文字がほとんどなく、その代わり前出のツイートのように、顔文字（文字で構成されたアスキーアートに近いもの）を多用しています。明らかに日本仕様です。

5月20日には、同じプレッツェルの写真に、ツイッターでは「下の部分ひとくち食べちゃった後なので見切れててごめんなさい(>人<;)明日の今頃は日本だーーーっ!!!」というアイドル風の文章を添えていますが、微博では「ドイツでトランジット待ちです～。あなたに嫁げたことが人生でいちばん幸せなことだと感じてます。人は容易に慣れてしまうものだが、絶対にそうはならない」などと、静かながら熱い夫への思いをしたためています。

同じ写真でこうも違う。これは完全な使い分けです。日本に対しては「かわいい愛ちゃん」。夫との仲良さアピールは、微博より控えめに見える。一方で中華圏に対しては「夫を愛する一人の女」である。この見せ方の完璧さはスキのない80年代アイドルのよう。これはあざといのではないと思う。おそらく、子供の頃から常に見られつづけてきた異常ともいえる環境で自然に身につけたふるまいなのでしょう。福原愛は、ツイッター自体の操作法には慣れていなくとも、SNSの使い方は有名人として完璧すぎるほどに完璧です。

2017/6/8

2勝

張本智和ツイッター

先週は福原愛のことを書きましたが、2週連続で卓球界の話です。

世界卓球選手権の男子シングルス2回戦で、日本史上最年少出場（13歳・中学2年生）の張本智和が、リオ五輪個人銅メダルの水谷隼に勝つという大番狂わせがありました。

あどけない顔で、話しぶりだけを見ればさすがに中学生らしい朴訥さのある張本選手ですが、大会前、テレビ東京のインタビュー記事での受け答え内容はかなり堂々としている。「（天才と言われることについて）言われてるなら、それ以上の成績を出すしかないっていう。プレッシャーは感じてないんですけど、逆にやってやろうみたいな感じですね」と、期待されることに照れも変な謙遜も全くないし、今大会については「1試合でも多く勝って、どこまでも勝っていきたいです」と、非常に堅実かつ大胆なお答え。

こんな天才中学生の普段の様子がツイッターで読めてしまうのが現代ネット社会のい

マンガみたいなギザギザの
前髪もとてもいい
勉強もそんなに…
成績も落ちなくて…
キープはまあできてま…
語尾があいまい
テレ東「世界卓球」の
インタビュー動画は
中学生そのもの!!という感じで
大好きです。

いところです。張本選手も、水谷選手もツイッターをやってくれている。ありがとう！

さて、張本選手のふだんのツイートを追ってみると、長文はほとんどなく、友人や卓球関係の知人と思われる人との短い会話が主で、さすがにそこは中学生らしい。

と、そこに突然なんの説明もなく、「1勝（炎の絵文字）」という、絵文字を入れてもたった3文字のツイートが。

これは今大会1回戦、セドリック・ニュイティンク選手に勝ったあとのつぶやきです。なんてシンプルな！

そのあと、寄せられた祝福のメッセージに対し、「おう！」「あざす！」「ありがとうございます！」などと、一人一人きちんと受け答えを変えながらお返事。マメで人を気遣えるいい子だなあ。

そんなやりとりを見ながら時間を追っていくと、今回の大番狂わせの勝利について、衝撃のツイートが。

「2勝（炎の絵文字）」

え！　本人が長く「憧れの人」と言っていた水谷選手に勝ったあともたった3文字！インタビューでは「今まで卓球をやってきた中で一番うれしい」などと語っているし、絶対1勝目よりもはるかに喜んでいるはず。でも、あえて極限まで削って1勝目と同じツイートだけにとどめたことに、この勝利に浮かれないこと、破った憧れの先輩への気遣いなど、さまざまな思いが読み取れます。

なんて大人なんだ。世界で闘うと、中2でこんな境地に達するのか。意識が完全にプロです。普段の友人知人とのゆるいやりとりとのギャップが激しい！

一方で水谷選手は試合前、やや多めの絵文字とともに「今日もきっと緊張して寝れないんだろうな…だって明日は張本だ（略）試合のコートが広すぎて球拾いがめんどくさい／そしてマッチポイントで使い完璧に決まったさまぁーずさん命名の『ノビーブ』を誰1人ツッコンでくれない悲しさ／ふて寝確定」と長文で気の抜けたツイート。この前には福原愛や白井健三ともほのぼのゆるゆるしたやりとりをしているし……。

ああ、これはこれで好きだわ。いい先輩なんだろうな〜。

2017／6／15

ジェネリック萩の月

ツイッター

「ジェネリック」という言葉が今後じわじわ浸透しそうな予感がしています。

いや、よく知られた医薬品の後発薬についての用法ではなく、あらゆる分野に当てはめられる新しい冠称として。

調べてみると、「ジェネリック家具」や「ジェネリック家電」という呼び名はすでにあるんですね（不勉強で知りませんでした）。前者は意匠権が切れた著名デザイナーの家具を別のメーカーが安くリメイクしたもの。後者は大手メーカーの電化製品の技術を使いつつ、機能を減らして安価にしたものを指すそうです。

とはいえ、これらの「ジェネリック」の用法はまだ定義がガチガチに固まっていると思う。一般人がもっと不用意に使えるような形にしないと、言葉は広まりません。

そこで今回の「ジェネリック萩の月」ですよ。

突然何のことかと思われるでしょうが、今年5月末にある一般ツイッターユーザーから始まった話です。セブンイレブンが出している「とろけるクリームのふわころ」なるお菓子を「ジェネリック萩の月って感じ…」と評したツイートがなぜか数日をおいて爆発的に拡散、ネットニュースにも取りあげられ、元のツイートは現時点で9千回以上リツイートされました。

　要はこのお菓子が仙台銘菓「萩の月」にかなり似ていて代替品のようだという話なんですが、ここからさらにセブンイレブンのほかのお菓子もターゲットとなり、「しっとりまろやかミルク餡まん」が「ジェネリック（博多）通りもん」と呼ばれたり、「濃厚クリームのレーズンサンド」が「ジェネリック六花亭（マルセイバターサンド）」と呼ばれたりするなど、「ジェネリックお菓子」を探すムーブメントがひそかに進行。

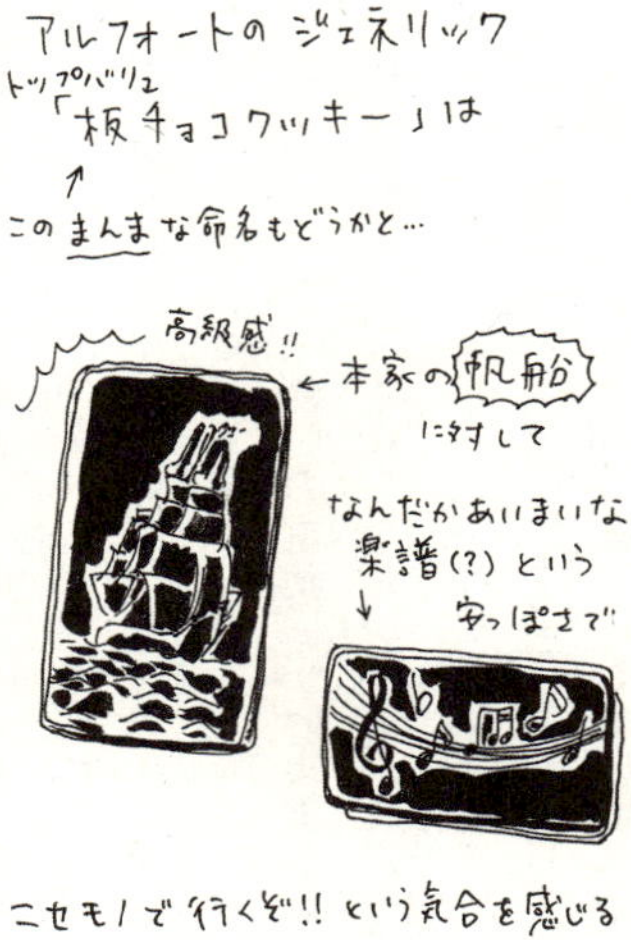
アルフォートのジェネリック
トップバリュ
「板チョコクッキー」は
このまんまな命名もどうかと…
高級感!!
←本家の帆船
に対して
なんだかあいまいな
楽譜(?)という
安っぽさで
ニセモノで行くぞ!!という気合を感じる

　先行商品のそっくりさんを軽く揶揄して「ジェネリック」と呼ぶのは別に今回の例が始まりではなく、検索してみれば2011年にもトップバリュの「板チョコクッキー」を「ジェネリックのアルフォート」と呼んだりしている例は見つかりますし、一般的にも冗談として通用していたものと思われますが、今回はセブンイレブンという国民的コンビニで起こったことで、たまたまうまいこと大拡散したんでしょう。

こういった意味合いの言葉は、いままでネット上では「劣化版〇〇」とか「〇〇の下位互換」とか表現されることが多かったように思います。一般的には「ニセ〇〇」という言い方になりそう。これでは侮蔑的な意味合いが強すぎます。

それに対し、「ジェネリック」という言葉はちょうどいい。皮肉的な意味合いもほどよいし、本気で批判の対象にしているようには見えません。今回は萩の月から始まった話題なのでお菓子のことばかり取りあげられているけど、今後有形無形いろいろな事物の揶揄に「ジェネリック」という言葉は使えるんじゃないかな。

ところで、「ジェネリック萩の月」と言い出した当の本人は別にこの事態を喜ぶでも気にするでもなく、今まで通りごく日常的なツイートをつづけています。慣れたネットユーザーはこうでなきゃね。

2017／6／22

「なんてこった〜綺麗すぎ！」と絶賛のコメントが

モデルプレス

「モデルプレス」という女性向けの芸能系ネットメディアは、定期的に女性芸能人のインスタグラムに関するニュースを流しています。

どういうものかというと、芸能人の○○がこんな写真を上げました↓ファンからこんな反響がありました、という、ニュースバリューのきわめて低い記事。

モデルプレスはかつてヤフーニュースとも提携していたため、ネットでこの手の「ニュース」はよく目にしたものです。特に浜崎あゆみ情報はよく流れていて、私はその無意味ぶりを楽しんでいたのですが、同プレスは約2年前にヤフーから提携を解除されてしまいました。残念。

で、最近それがどうなってるか改めて見てみると……今やもう記事に様式美を感じる。格調すら生まれてきたような気がする。

近いところで6月9日の記事。「浜崎あゆみ、服着てない?!　ＳＥＸＹショットに『美

ViVi(女性誌)ではついこないだ
浜崎あゆみの連載が200回で
(約17年……すごい)
ついに終了してしまった。
さすがに今のViVi層に浜崎あゆみはどうなの?と思うよね
「千手観音かずこ」にそっくり説も流れたがこの表紙ではそのへんうまく処理してます
ViVi
ayumi hamasaki
最後っ屁のようにViViの「浜崎あゆみスペシャルエディション」が出たんですが
今後ViViを離れ 彼女はいずこへ…

しすぎる』の声」というタイトルで、インスタに露出度の高い浜崎の写真が公開されたことが記され、そのあと「浜崎のこの投稿にファンからは、『美しすぎる!!』『超色っぽい!』『セクシー!』『美肌すぎ!!』『なんてこった〜綺麗すぎ!』と絶賛のコメントが」とまとめられています。

えー、毎回、こんな感じです。

本人の写真の内容をはじめ、記事のメイン部分はどうでもいい。実際にファンから寄せられた絶賛コメント群(多め)と、それを当然のことのように報じるモデルプレスの言葉がいいんです。読んでいるうちにこれがだんだんドラッグのような快感になってきます。

モデルプレスの記者も決して手を抜いていません。「〜と称賛や共感の声が続々と寄せられている」「ファンからは羨望の眼差しが向けられている」「男女問わず魅了される声が続出している」など、この短いまとめの文を毎回きちんと変えてきているのです。

いいお仕事なさってますね!

この感じはアレだ、北朝鮮のニュースだ。北朝鮮の実際の状況を考えると陰鬱な気分になるけれど、荘厳な音楽で始まる、大讃美・大崇拝の仰々しいニュース様式そのものにはたまらない面白みがある。モデルプレスは平和な形でアレをやってくれているのです。浜崎あゆみニュースの末尾のあたりばかりを読んでいると、もっとくれ! もっとくれ! と思ってしまいます。

気味が悪いほど絶賛しているコメントのチョイスもすばらしい。私のお気に入りは昨年11月7日の記事。泡風呂の写真について「『可愛すぎか!』『泡に埋もれてる天使…』『おめくりくり!お肌ツルツル!』(略)と美貌が際立つリラックスショットに魅了された人が続出している」とのこと。天使とまで言い切った!

さて、この絶賛のシャワーを直接浴びてみたくて私も試しに浜崎あゆみのインスタのコメント欄を実際に見てみたのですが、ファンのボキャブラリーはかなり少なくて拍子抜け。ほぼ「かわいい♡」ばかりが数百個続くという地獄です。毎回この「かわいい」の樹海の中から光るコメントを探すモデルプレス記者……やはり、できる子!

2017/6/29

「アルテマウエポン」がランダム発動

なかのひとよツイッター

話題の「ブラックボックス展」、行きました？　私は行ってません。一般的に「体験せずに対象を批評すること」は非難されがちですが、こればかりは危ないから行かずに批判してもいいでしょう。なにしろ痴漢が横行してたんだから。

ブラックボックス展とは、「なかのひとよ」なる人物が主催した個人展。「作者の意向により展示内容の情報開示は致しません」としたうえで、真偽不明の公式情報や口コミを振りまいて期待を高めさせ、実際には客は何もない真っ暗な部屋に入らされるだけ、という「芸術作品」です。噂が噂を呼びまんまと大勢のお客が集まったようですが、それも含めて一連の現象が作品です、というような代物。

そして前述のように、安全対策もロクにしていないと思われる真っ暗な部屋に男女が押し込められたため、痴漢の報告が続出したのです。これに対し、なかの氏はなんと一度ツイッターをロックして批判を黙殺。その後謝罪文らしきものを発表したものの、痴漢に全く触れていないうえに自分たちが被害者であるかのような口ぶりだったため、炎上は収まりそうにありません。

さて、痴漢騒動はすでに警察沙汰になっているようなのでここでは触れません。私はそもそもこの作品と作者の幼稚さに驚いているんです。よくこんな内容でたくさん人を集めたなあ。その広報力だけは感心。

まず今回の展示における「情報の錯綜」とか「観客が芸術の一部」なんてコンセプトには手垢がつきまくってます。暗闇についての体験型作品では「ダイアログ・イン・ザ・ダーク」という先行の有名なものがあり、コンセプトやトラブル対策などでもこちらが優れているのは明白。

「バウンサー」ってのが
こんな人で
ああ彼は
「記号」として
使われているのだろう…
と複雑な
気持ちになった
元々なかのひとよ氏は
「サザエbot」という
サザエさんのキャラだけを
勝手に使って名言の盗用
をしていた
ネットでは悪名高い人物である

そして私が何より呆れたのが、なかの氏の言語感覚です。

随時報告される彼のツイッターを追うと、「ブラックボックス展は『アルテマレベル』にアップデート」「入口でバウンサー（門番）による『鑑賞者の選別』が行われ、『選ばれし者』のみが入場可能」「行列対策として、バウンサーによる必殺技『アルテマウエポン』がランダム発動」「必殺技を受けた者は（略）ダメージを食らったリアクションをし、速やかにお帰り下さい」など、言葉のセレクトが信じられないほど幼くてゲーム的。

若い客に阿《おもね》っていると見ることもできますが、「選ばれし者」「ランダム発動」「ダメージを食らったリアクション」などのフレーズをごく自然に使っているところから考えて、ゲームの必殺技で頭がいっぱいの男子中学生的マインドそのままの人物と見るのが妥当でしょう。

だいたい彼は「バウンサー」として屈強な黒人男性を採用しているんですが、その時点でうっすら人種差別の匂いがする。おそらくほぼ日本人しか関わっていないこの作品でなぜここだけ黒人なのか。それは、黒人は「いちばん怖くて強くて話が通じなさそう」という記号的存在だと彼が思っているからでしょう。十年以上前のバラエティ番組のようであまりに陳腐な感覚ですが、なかの氏はきっとこのことに何の疑問も抱いていない。どこを取っても視野が狭い企画でした。

2017／7／6

FOR NEXT START UP

民進党

映画館等で流れている公明党のCM「母の手に守られて」は、都の私立高校授業料無償化について党の功績を宣伝するものだけど、話があまりに古臭く、無償化以前に問題があると話題になっていました。

父が亡くなった母子家庭の中学生女子が主人公で、母はダブルワークで朝から晩まで工場の単純作業や清掃などの肉体労働をしているという設定。あくせく働いているにもかかわらず、母は健気に早起きして娘のために工夫を凝らした弁当まで作っています。まずこの場合、シングルマザーの家庭がこんなに苦労しないと子供を育てられないという問題のほうに目が行くし、「母」についてのイメージはあまりに保守的。お母さんが綺麗すぎて、肉体労働のリアリティが全くないのも引っかかります。

とまあ、この動画にはツッコミどころがたくさんあったんですが、ついでに他の党は何か作ってるのか、少し掘ってみました。

すっかり影の薄い社民党は
今の日本に必要な矢は
コレだ！
→棒読み
党首 吉田忠智が 地方CMみたいなことをしています…。
しかも2016年のものがいまだに党のトップページに…

民進党は、女性や子供の活躍を推進する「FOR NEXT」なるキャンペーンをやっており、動画も作っているようです。公式サイトに転載されている最新YouTube動画はそれなりに編集してカッコよくまとめてありますが、再生回数は原稿執筆時（公開後約1週間）でたったの146回！ 衝撃的な少なさ。そもそも動画タイトルが「FOR NEXT START UP ダイジェスト・ムービー」で、意図的なのか何なのか「民進党」というキーワードが入っていません。内容以前の問題です。映画館で公開されている公明党に大差をつけられています。

そもそも党名でYouTubeを検索したとき動画は出てくるのかな？ と思い、主要政党で試してみたところ、自民党、公明党、共産党の3党は一応いちばん上に公式チャンネルが表示されます。しかし、民進党はチャンネルが出てこないばかりか、ド派手な赤文字で失態をなじるアンチ民進党動画がいきなり大量に出てくる始末。ネット対策、全然してないじゃん！

さらに主要政党のサイトを見てみると、自民党でいえば「プレミアム・ウィメンズクラブ」、公明党では「iwoman」という、「女性と政治」を主眼としたページはことごとくダサピンクに彩られています（「ダサピンク」とは、宇野ゆうか氏がネット上で名づけたスラング。女性関係の物事が、「女性といえばピンクだろう」という安易な考えでことごとくピンク色にデザインされてしまう現象）。保守的なこれらの政党で「ダサピンク現象」が起こるのは予想通り。

さて、与党よりはさすがに女性問題に先進的なイメージの民進党はどうかというと、「FOR NEXT」のページもやっぱりテーマカラーがピンクです。デザインセンスは自民・公明よりはいいかな、という程度で、こういうところでも大きく差がつけられてない。だからアンタらは期待してもらえないんだよ！　と尻をひっぱたきたくなります。「FOR NEXT」って言っときながらネットメディアをおろそかにしていたら、そりゃダメだ。いま自民党がボロを出しまくってる時期なのに。まくれまくれ！

2017／7／13

知らへんの？

サントリー「頂」CM

サントリー「頂」（第3のビール）のネット版CMが炎上。6本セットのものですが、この手の炎上に目がない私としては全部見ねばなるまい。

「絶頂うまい出張」なるこのCMは、視聴者が出張先で出会った女の子とバーチャルで飲食をともにするイメージのものです。全国6都市の女の子が、自分から相席をお願いしてくるなどの非現実的な設定で画面の前の視聴者と出会い、媚びる感じのカメラ目線で方言を話しながら一対一でその街の名物などを食べる。この構成がすでにご都合主義ですが、女の子たちはやたら長いものを頬張り、「肉汁いっぱい出ました」「（手羽先を）しゃぶるのがうみゃーで」などというセリフを言い、タイトルが「絶頂」。これで「性的な意味合いはありません」なんて言い逃れできるわけがない。サントリーは「そんな制作意図はない」と言い張ってるようですが、よく言えたもんだな。

このCMが極端に男性に都合のいい女性を描いており、女性蔑視的なうえに性的で下品なことは論じるまでもないんですが、それと同時に思うのは「細部が極めて雑」ということです。「方言はカワイイ」というすでにこってりと手垢がついたコンセプトにだけ寄りかかって、あとはどうでもよさそう。

６本のＣＭは６都市への出張をイメージしているのですが、まず方言の必要のない「東京篇」に出演している吉川友は茨城県出身です。「常陸太田アンバサダー」とのことなので故郷への思いも強いはず。彼女を起用するなら絶対に茨城篇を作るべきでした。東京篇なら東京出身タレントはいくらでもいるんだし。

愛知篇に出演する山崎愛香は愛知出身ですが、いまの若い人がコテコテの名古屋弁をしゃべらないことなんて愛知県民ならずとも知っている。「お酒飲みながらしゃぶるのがうみゃーで」なんてナチュラルに言うわけがない。

福岡篇に登場するのはエイミー。長崎出身です（ダメじゃん）。しかも彼女は、性的イメージを想起させるためにまるごと明太子にしゃぶりつくという異常な食べ方をさせられています。気の毒です。

いちばんひどいのが大阪篇。出演する柳いろはが大阪出身なのはいいけれど、「美味しすぎて通天閣のぼってるみたいやったわ」「(串カツは)二度漬け禁止です。知らへんの?」など、大阪ネタとしてはあまりにベタなことばかり言わされていて、逆に大阪出身を疑ってしまうほどでした。

ちなみに「知らへんの?」という言葉づかいはポピュラーではない。試しにいまツイッター検索をしたところ、直近1時間以内に「知らへんの」と書いてる人はたった1人、それに対し「知らんの」と書いてる人は18人。細かい地域差はあるとしても、大阪弁で「知る」の否定形は圧倒的に「知らん」が優勢。こういう細部を気にしてないんだよな。

今どき地域ネタをやるなら丁寧にリアリティを追求してくれよ。感覚の古い人がやっつけで作ったんだろうけど、いちばんかわいそうなのは公開中止になって仕事が無駄になってしまったタレントの女の子たちです。

2017/7/27

日本人のＤＮＡに刻み込まれている体操

小池百合子

人は偉くなるとすぐに「みんなで○○しよう」って言い出しがち。小池都知事なんて都議選のときはまるで自民党への対抗勢力のような顔をしてたけど、元々自民党よりもゴリゴリの右派というイメージだから、全体主義的なことを言い出すのは不自然でも何でもないんだけど。

といっても今回の話題は一見ささいなことで、小池都知事が言い出した「みんなでラジオ体操プロジェクト」なる面倒臭い企画の話です。昭和の中小企業の社長さんが言い出しそうなことを知事がこの２０１７年にぶち上げるという時代錯誤感。都内のみならず全国の企業などにこれから約３年間、オリンピックに向けた機運を醸成するため、ラジオ体操に参加することを呼びかけるんだそうです。オリンピックでは誰もラジオ体操なんかしてないですけどね。

この件でいちばんの犠牲となるのは、当然小池様の直下で働く都庁職員。これから３

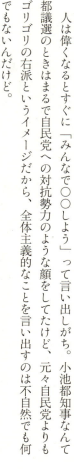

「刻み込まれる」のは
「ごはんに／たくあんを」
くらいが 平和でいいです

年間、夏の都庁では午後2時55分に唐突にラジオ体操の音楽がかかることになるそうです。冗談みたいですが本当です。小池様の言葉によれば「フラッシュモブのような形」だそうなので、定刻になるとスピーカーが割れんばかりの音量で、北朝鮮国歌のようにラジオ体操の曲が流れるのでしょう。すると都庁内では、会議中の者も、窓口でご老人に対応中の者も、3時半までに書類を仕上げないといけない者も、全員がその場で起立し一糸乱れぬ動きで体操をしなければならない。拒否する者は銃殺されます。冗談みたいですがここは冗談です。

ともかく、小池様は「皆さんがご存じで、日本人のDNAに刻み込まれている体操」とまで言っている。

日本人のDNAに、ラジオ体操は絶対刻み込まれてない。

いやもちろん例えであることは分かりますよ。でも、そもそも「日本人」というものはＤＮＡで区別されているわけではありません。「日本人のＤＮＡ」なんて言葉を発する時点で、「日本人」とは生来的・遺伝子学的に区別されているものであり、文化も人格も血統的に運命づけられている、と考えている証拠です。非科学的なうえに自国賛美が乗っかっている。

なんで科学も知らない人が軽はずみに「ＤＮＡ」とか言っちゃうのか。それは単に、自分がかつてやらされたことは根本的な価値はさておいて懐かしいので美化したいし、自分の育ち方を正当化したいので、主語を爆発的に拡大して日本人を自認する全員に押しつけ、選民思想にまで結びつけたいからですね。

小池様は「その間はオリンピック・パラリンピックやっているんだということを、体に刻み込んでいただければ」ともおっしゃっています。人の体に何かを刻み込むのがお好きな方のようです。一方的に刻み込まれるのはゴメンです。私は勝手に一人でラジオ体操やります。

あ、私、ラジオ体操自体は好きですよ。子供の頃はなんとも思ってなかったけど、大人になってからやると肩や背中の凝りにかなりいいです、あれは。でも、個人的にやります。

2017／8／3

攻めと受け

蓮舫

蓮舫がとんでもないことを言い出してしまったのでネットは大騒ぎです。民進党代表の辞任会見で「攻めと受け、この受けの部分に私は力を十分に出せませんでした」と言ってしまったのです。

この発言の何が問題なのか。――ある人の「普通『攻めと守り』じゃないんですかね（困惑）」というツイートは7万回も拡散されている。そう、攻めの対義語はふつう「守り」。しかし、腐女子（BL《ボーイズラブ》を愛好する女）は、「攻め（男性役）」の対義語をつい「受け（女性役）」と考えてしまうのです。蓮舫は私たち腐女子の仲間だったのか!? と、そのへんの話題に敏感な人たちが騒いでいるわけです。今回はこのどうでもいい件についてまじめに追及します！

まず蓮舫は13年にラグビーの早明戦を見て「明治の攻め、守り、粘りもすごかった」とツイートしている。「攻め」の対義語が一般的に「守り」であることは当然理解しているようです。だから今回「受け」という単語が出たのも、何かしらのバックボーンに基づいていることは間違いない。

　腐女子の線から検証すると、彼女は過去に「私は、子どもが読んだ本は必ず読むようにしてる」「息子から借りた暗殺教室は面白い」というツイートをしていることから、漫画は読むこともあるようです。どうやら娘さんより息子さんと趣味が合うみたい。しかし腐女子ラインに近い発言はせいぜいこの程度で、決定的な材料は全く出てきません。

私は息子さん（美男）が
「腐男子」であることを
望んでいます…
薄い本
安倍×トランプ本
去年「金スマ」出てたんですね

　さて、攻めの対義語を受けとするのは何もBL業界に限ったことではありません。最近流行の将棋、あるいは「受けの美学」という言葉のあるプロレスでもそうです。

　将棋については、09年に「息子からオセロ勝負を挑まれる。完勝。そしたら、将棋を再度挑まれる。完敗」というツイートがあるのみで、最近話題の藤井四段にも特に言及しておらず、かろうじてルールを知っている程度と思われます。将棋説は却下。

　そしてプロレス説。野田佳彦幹事長は大のプロレス好きなので、この線は比較的有力かもしれません。

　蓮舫のツイッターを検索すると、過去に「プロレス」という単語は一度も出たことがありません。しかし、公式サイトの「蓮舫コラム」によると、05年に須藤元気と会食し、その際に「私は格闘好きで、学生時代からボクシングやプロレスを見に行ったり、熱くテレビ観戦をします。年末はテレビ画面から離れられませんでした」と記している！

　簡単に答えが出てしまいました。完全にプロレスの影響だ。自分は受けの美学を実践できないレスラーだった、と彼女は反省していたわけです。

　しかし、私は腐女子の線もまだ消えたわけではないと思ってる。今年の「ニコニコ超会議」に向けて民進党が開発した「ＶＲ蓮舫」にも彼女はノリノリで登場していたし、息子さんもYouTubeではゲーム実況やボカロのチャンネルを好んでおり、文化的には決して遠くない。きっとＢＬにも抵抗がないはず！

　って、別に蓮舫が腐女子だったからって何の得があるわけじゃないんだけども。

2017／8／10

小さな命

水野美紀

「先日、元気な赤ちゃんを授かりました。妊娠中からお心遣い頂いた皆さま、出産にご助力下さった皆さま、立会ってくれた夫、みなみなさまに感謝でいっぱいです。目の前の小さな命の、生きようとするエネルギーに圧倒されて胸がいっぱい。早くも涙脆くなっている新米母ですが、しっかりと気を引き締めて、歩んでゆきたいと思います」

いきなりの全文引用ですみません。最近出産した水野美紀の、インスタグラムでの報告文です。

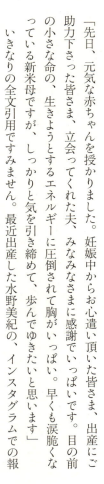

感謝している面々をたくさん書き連ねたあと、「みなみなさま」というかわいいひらがな表記のリズミカルな言葉で勢いをつけ、「目の前の小さな命」から先は動的な表現の連発で揺さぶってくる。突飛な言葉は何も使っていませんが、短い文のなかに躍動感を詰めこんだすばらしい作品だと思います。

私はこれを読んで、出産の報告文とはなるほど濃密で気合のこもったものになるのだ

ラジオに寄せた報告文ですが
赤江珠緒さんの
7/27
スイカの日
スイカのように
膨らんでいた
お腹から
お陰様で
無事に
女の子が
生まれ
ました
というのも
いいと思いました。

なと思い、にわかにこのジャンルが気になってきました。そこで、最近出産した方々からめぼしいものを拾い集め、全文引用はできませんが評論します。そうです、余計なお世話です。分かってます。

高垣麗子。「分娩室で産まれたての我が子を胸に抱いた時、あまりの小ささとその温もりに言葉では表せないほどの幸せを感じました。（略）はじめての事にまだ今は戸惑いながらですが守るべきものができた母としてひとりの女性として私なりに成長していければと思っています」

やはり「小ささ」の表現は必須。そして水野美紀が言う「生きようとするエネルギー」は温度でシンプルに表現。最後は自分自身の決意でしめくくる。他の芸能人の見本となる良作だと思われます。

元ＡＡＡの伊藤千晃。「支えて頂いた皆様へ、心よりの感謝とご報告をさせていただきます。（略）小さな小さなそして大きな宝物を、大切に、たくさんの愛を注ぎ見守っていけたらと思っております」

硬く行こうとしたのでしょうが、出だしの文は「心よりの感謝」と「ご報告」を並列していてやや不自然。対比を強調した詩的な表現はよいけれど、文末についた「#生まれてきてくれてありがとう」「#感謝」「#感動」「#愛」というハッシュタグが重苦しい。いつも使う絵文字も一切ない。もっと自然な文章をオススメします！

さて、こう見てみると、出産報告文では「周りへの感謝→『小さな命』への感動→自分の決意」という三段構えが定番となっているみたい。今後書く人はぜひ参考にしてください。

ところでこの3人はいずれも初産なので感動もひとしおだと思われますが、経験を積んで第3子となった場合はどうなるのか。土屋アンナさんに登場していただきます。

「予定より少し早かったけど3月6日に女の子が誕生しました♡！♡／可愛い♡可愛い天使ちゃんです／みなさんこれからも宜しくお願いします！」

これで全文。軽い軽い。ハッシュタグも#happybirthday #baby #angel #loveって全部英語だからくどくないし、でもさりげなく「angel」入ってるし。土屋アンナ最高。

2017／8／17・24

KABA.ちゃんじゃないよ♡

パウダァさん

KABA.ちゃんが変なユーチューバーになってしまいました。「パウダァさん」なる別人がやっているという設定で（ここではそのギミックを無視しますが）、「パウダァルーム」なるユーチューブ動画をアップしはじめたのです。

KABA.ちゃんについては、13年前に男性として「踊る！さんま御殿!!」にお母さんといっしょに出演したとき、お母さんがKABA.ちゃんをほぼ「娘」のように扱い、明石家さんまが何度性別についてイジってもお母さん・本人ともに微妙な反応をしていた記憶があります。その頃から私は、KABA.ちゃんはゲイではなく、自分が女性であるという自覚が明確にある人ではないかと思っていました。

だから、何度も整形して身体の手術もして、見事に女性になれたことについては本当によかったと思ってるんです。他人ながら。

去年、「徹子の部屋」に出演したときは、まだまだ女性として1年生なのでふるまいなどについて教えを乞いたいと言い、黒柳徹子から「憧れの女性を作るといい」とか「常に膝は揃えて奥のほうは見せない。そうすればいい姿勢になれる」などのアドバイスを受けていました。

　ところがだ。

「パウダァさん」の動画では、いきなりバーンと大開脚し、股間から「パウダァルーム」と書かれた垂れ幕が出てくるというカットで始まる。

なんでしたっけ
あの人… ほら
タマ… キン?、
タマキン?、
↑ヒカキンのこと
単純に…… つまらない……

　さっきの徹子様の言葉が脳内にこだまします。

　そのあとも、「セクシャルエイジングケアForMEN」なる肩書きを名乗り、ユーチューバーをセックスワーカーのようなものと勘違いしているという設定で話は進みます。壁になぜか飾られた天狗の面を「天狗の鼻っていやらしくないですかぁ?」と言いながらさすり、途中ではモンストを「キンタマ」、ヒカキンを「タマキン」とわざと言い間違って連呼するなど、どうしようもない下ネタの連発。

いやもちろん、大開脚する女もいれば下ネタばかり言う女も世の中にはいるし、芸風は個人の勝手です。でも、KABA.ちゃんが努力して女性になって、わりと自由の利くはずのネット動画でこれをやっていることを考えると重い気持ちになってしまう。この芸風はまるっきり「昔のオカマ」じゃないですか。それに、身も蓋もない言い方をすると単につまらない！

KABA.ちゃんはもうそこまで下卑たものを求められる立場じゃないはずなのに、世間のニーズを間違った方向に先取りして過剰にサービスしている。「テレビではできないこと」っていうのはそういう低俗なことじゃなくて、KABA.ちゃんをイロモノとせず、一流の振付師であったりきらびやかな芸能人であったりすることをストレートにファンにさらけ出すことだと思うんです。

本人が楽しくこれをやってるんだとしたら複雑。わざわざ別名義にして、タイトルでも「KABA.ちゃんじゃないよ♡」としつこく打っているのは本人の「本意ではない」というプライドだよね、きっと。事務所に仕方なくやらされてるんだ。そう信じる。

2017／8／31

どんどん綺麗な景色、醜い景色を写真で送って下さい！

小池百合子ツイッター

　一般社団法人無電柱化民間プロジェクト実行委員会という長い名前の団体が、国土交通省というお上の後援を受けて「電柱採集フォトコンテスト」なるものをやっています。「無電柱化」を推進してるのに電柱の写真を撮れとは何事かというと、「テーマは『景色のじゃま』と『通行のじゃま』の２つ」なんだそう。つまり、写真の中に電柱や電線を必ず入れ、それでいて「電柱・電線がなければいいのに」と思わせる写真を撮らなければいけないとのこと。めちゃくちゃ難しいコンテストです。

　これに関して小池都知事は「どんどん綺麗な景色、醜い景色を写真で送って下さい！」とツイートし、電柱のある平凡な光景を「醜い」と躊躇なく断罪するデリカシーのなさで早速炎上。コンテストの賞の名前も「景色だいなし属賞」「路上おじゃま属賞」と妙に語呂が悪く（「属」いらないよね）、全方位的にセンス皆無。誰も得しない予感をびんびん感じるコンテストです。

私は 選挙期間中のファッションが
「醜い」って思ってました
電柱
← 醜い？
選挙カー 醜い
ゆりこ
変な緑の
手袋
醜い
ハチマキ
醜い
タスキ
醜い
醜い選挙カーコンテストのほうが
もりあがりそうだね……

ネット上にはすでに、素直にこのコンセプトを受けて撮られた応募写真がいくつもあるのですが、電柱を入れることを必須にしているせいで、結果として「電柱があるからこそ撮れた写真」ばかり集まっています。「空が悲しんでる」とコメントしている某投稿者の写真は、空よりも複雑に絡み合った電線そのものの美しさを撮っているとしか思えないし、「電柱が無ければ…」と言いながら虹を写した某投稿者の写真は、逆光で影になった電柱の姿がなければひどく凡庸な空の写真。

確かに電柱が邪魔だと感じる写真もたまにあるけれど、それはだいたい電柱のせいで構図が悪くなっているものなので、単にその人の写真がヘタだとしか思えない。コンセプトに沿えば沿うほど作品の完成度が下がる。写真コンテストとしては矛盾しています。すでにこれを皮肉る人たちの活動も盛んで、電柱のある美しい風景もガンガン投稿されています。このコンテストの写真を見ていると、誰でも電柱のすばらしさに気づけそうです。皮肉なもんだ。

だいたい、このコンテストで評価されるためには、作品を見た人が電柱を憎みたくなるものを撮らなければいけない。わざわざ人に悪感情を起こさせるためのコンテストなんて、方針自体の底意地が悪い。いじめをなくすためにいじめの写真を撮りましょう! いちばんひどいいじめを撮った人が優勝! と言っているかのような気持ち悪さ。

同団体は実は3年前にも「電柱が消えたら景色がいいで賞」という、ほぼ同じコンテストをやってるんですが、この時は「電柱が無いから景色がいいで賞」という分野もありました。これならポジティブなのに、なんでダメな方だけ残したのかね。

でもまあその時も、電柱がない写真はフリー素材のようにつまらなく、電柱が〝邪魔〟な写真のほうが作品の完成度は高く見えたんです。その時点で、写真で無電柱化を推進するのは無理だって気づけばよかったんだよ。無電柱化自体が悪いとまでは言わないけど、進めてる人の勘が悪いのだけは確実。

2017/9/7

此れは、個人。「真木よう子」としての活動で御座います。

真木よう子

真木よう子、炎上。

8月25日、真木よう子はクラウドファンディングサイトで資金を募り、出版社を通さずにフォトマガジンを制作、12月のコミックマーケット（いわゆるコミケ）で頒布することを発表しましたが、自費出版がメインのコミケでクラウドファンディングという手法を採ること、アマチュアだらけの場所にプロが参入することなどで、主にコミケの常連が大きく反発。結局彼女はコミケへの出展を諦めて謝罪、ついにはツイッターを閉鎖してしまいました。

この項では、真木よう子の企画の賛否については扱わない。気になったのは彼女の言葉づかいです。

今回のプロジェクトにあたって、本人から発表された挨拶文がこちら。

「初めまして。ワタクシ、通り名・真木よう子と申します。『コミックマーケット93』

に向けて、フォトマガジン（ZINE）を作ろうと、試みて居ります。此れは、個人。『真木よう子』としての活動で御座います（後略）」

私はすぐに、「椎名林檎のデビュー頃にすぐ影響を受けた女子中学生みたいだ！」と思った。「此れ」「御座います」などをあえて漢字表記することといい、「ワタクシ、通り名～」などの時代がかった言葉づかいといい。「個人。」など、変なところで句点を打つのも椎名林檎の文体を独自解釈した結果のように見える。

真木よう子は なぜか
インスタグラムを1年半放置して
いますが
yokomaki_official
必死のアヒル口
yokomaki_official
ふてくされ天パ。
インスタは「ふつうの芸能人」という
かんじ。 なぜ やめたのだろう…

調べてみれば彼女はかつて椎名林檎の作詞作曲で「幸先坂」という曲を出しており、曲提供の依頼も本人の希望だったらしい。大ファンなのですね。

吉田豪が手掛けた過去のインタビューによれば、真木よう子が好きなものは少年漫画で、映画もあまり見ず、趣味的にもマニアックの対極を行く超・王道の物が好きらしい。こう聞くと、これはさらに「椎名林檎の影響だけを受けた文章」という印象になる。

真木よう子は今年6月28日にツイッターを開設、ドラマの視聴率の低さを自虐しながら番宣するなど、あけすけな物言いが話題となってはいました。しかし本当に異常だったのはツイートの数。なんと彼女のツイートは1か月あたり3000以上。日本の芸能界でいちばんフォロワーの多い有吉弘行のツイートが毎月平均2000未満であることを考えると驚異的な数です。しかも彼女は、有名人ならふつう無視する一視聴者の言いがかりや難癖の類にまで丁寧に返信。「親しみやすい芸能人」というレベルを超え、ちょっと異様なハマりぶりでした。

ところが、今回の騒動のあと、アカウント名は「?????騙された?????」という気味の悪いものに変更され、数時間後には閉鎖。今回の騒動について、本人は誰か強く信頼していた人に乗せられてハメられたという被害者意識を持っているのかもしれない。ツイッターの異様な使い方と唐突なやめ方、好きなミュージシャンに影響されすぎている文体……彼女が狭い範囲の物事に極端にのめり込むタイプであることが如実に分かる。今後、おかしな宗教や健康法などに乗せられてしまわないか、ちょっと心配です。

2017/9/14

あれに性的に興奮するのは猟奇的

太田啓子弁護士ツイッター

「バンドハラスメント」の新作CDジャケットには真空パックされた女の子2人が写っている。これは危険な行為では？　という小さな問題の傷口がどんどん開いて、収拾がつかなくなっております。

広告も煽情的で、「息が吸えない数秒間をジャケットに」なんて書いてあるので、この写真が危ないとして批判されるのはまあ分かる。ただ、この写真を撮ったフォトグラファーハル氏は以前から人間を真空パックにする作品を創り続けており、本人のサイトには「うわさを聞きつけアメリカ、ドイツ、オーストラリアから写真を撮られる為に東京の私の処に訪ねてきたカップル達もいた」とあるほどなので、さすがに安全面には配慮しているでしょう。

しかし、弁護士の太田啓子氏は問題をさらに追及したかったのか、バンドから飛び火させて「『真空パック　アダルトビデオ』で検索して吐き気。仮に作り物であったとして

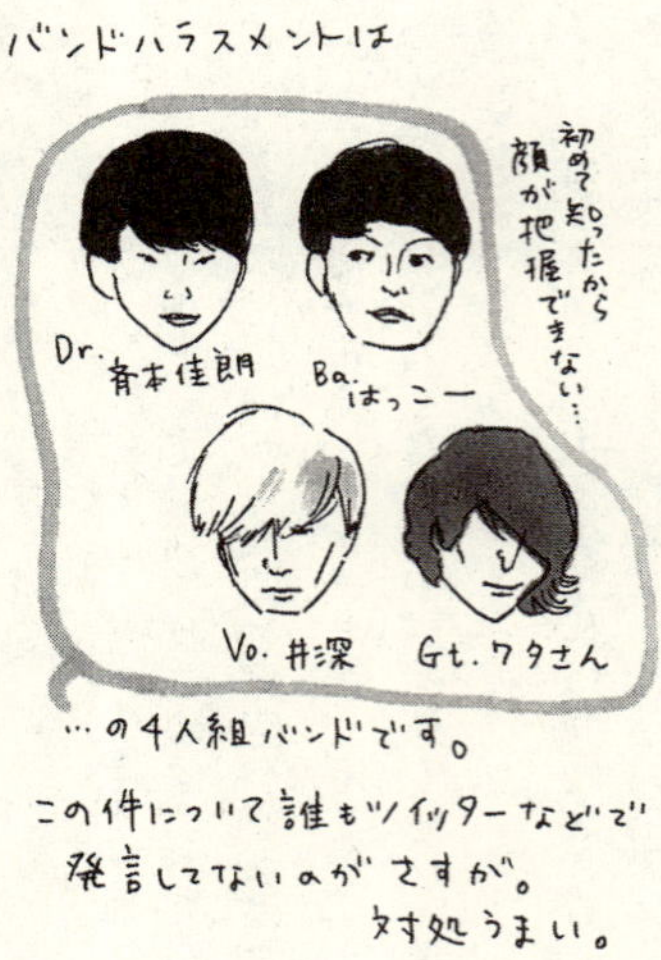
バンドハラスメントは
初めて知ったから顔が把握できない…
Dr. 斉本佳朗
Ba. はっこー
Vo. 井深
Gt. ワタさん
…の4人組バンドです。
この件について誰もツイッターなどで発言してないのがさすが。
対処うまい。

も、あれに性的に興奮するのは猟奇的。猟奇的な嗜好も内心に留まるなら自由だけどその嗜好が表出した表現物には恐怖を覚えるとしか。本当に真空パックにしているなら即刻全現場でやめるべき。死人が出かねない」とツイート。騒ぎの傷口を広げてしまいました。

太田氏は以前から性表現をめぐる発言でよく議論の的となっていたこともあり、この発言も大いに炎上。「性的嗜好を否定するのか」「AV規制論か」などと叩かれました。私も正直、この発言を見た当初は「なぜわざわざこんな言葉で検索したの?」と思い、フェティシズムの多様性を知らないのかと少々呆れていました。

しかしよく読めば、彼女の言い分自体は間違っていない。過去には「バッキー事件*」など実際に残虐な事件もあり、安全性を考慮しないAVがあるのは事実。その危険性は当然問題とされるべきだし、彼女は「(性的嗜好が)内心に留まるなら自由」「本当に真空パックにしているなら（危険だからやめるべき）」と譲歩もしている。

ただ、あまりに衝撃を受けたためか、彼女は「吐き気」「猟奇的」「恐怖を覚える」と個人的な感情を連打しており、そのせいでこの文章は肝心の主張よりも彼女の不快さ・嫌悪感ばかりが迫ってきてしまう。それが結果として大きな反発を生む形になったと思われます。個人的な快不快の感情と客観的な問題についてはできれば書き分けてほしいなと思いました。

ということで、少なくとも今回の件について彼女は過剰に「規制すべし」なんて言ってないし、ましてや「女性蔑視だ」とも言っていないので、寄せられた反論や批判のほとんどは的外れに見えます。

それにしても今回いい迷惑なのは「バンドハラスメント」じゃないでしょうか。私、このジャケットのせいでてっきり女2人組アイドルだと思ってたら、実際には男4人のロックバンドだったよ。騒ぎが大きくなったせいで女性蔑視だなんだとバンド自体が見当違いな叩かれ方をしていて、かわいそう。焼け太りで売れればいいけど、どうかな〜。

2017／9／21

＊2004年6月、ビデオ制作会社「バッキービジュアルプランニング」が、AVの撮影に当たって女優に脱法ドラッグを吸わせたうえ、拷問のようなプレイ内容で全治4か月の重傷を負わせた強姦致傷事件。

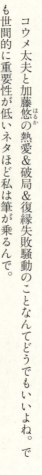

はえーな、はえーな

コウメ太夫

コウメ太夫と加藤悠《はるか》の熱愛＆破局＆復縁失敗騒動のことなんてどうでもいいよね。でも世間的に重要性が低いネタほど私は筆が乗るんで。

白塗りで叫ぶネタで以前に少し売れた芸人のコウメ太夫と、ほぼ無名の地下アイドル兼プロレスラーの加藤悠。この２人のデート写真がＦＬＡＳＨに出たんですが、よくこんなネタを載せたものです。知名度だけなら全くヒキはない。これは単に素顔のコウメ太夫がスクープになるということ自体が「イジリ」として面白いからにほかならないでしょう。ひどいね（こうしてネタにする私もね）。

そして、そこにさらに乗っかったのがフジテレビ「バイキング」です。コウメ側は交際を認め、加藤悠は否定しているため、両人を何度か出演させて経緯を確認。すると、公にしてしまいたいコウメと、アイドルでもあるので交際発表には慎重でいたい加藤悠で意見が割れ、疑心暗鬼になったコウメは二股を疑い、勢いで振ってしまったことが分かりました。加藤悠も彼への信用をなくし、破局。

番組では、すぐに復縁を望んだコウメに彼女への手紙を読ませたのですが、これがとんでもない代物でした。

「FLASHに、出る前は、お互いにうまくいっていたけど、僕に…僕にも、嫉妬があったとはいえ、彼女にも、言動や、納得いかないところが、僕にも、あったので、彼女に、つい嫌な思いをさせたのかも、しれない」

はえーな…はえーな
みけんと目頭に複雑なシワ
素顔のコウメ太夫のおちつかなさは蛭子能収さんが描くとうまく描いてくれそう。

冒頭からこれ。紙に書かれたものを読んでいるのに異様にたどたどしい。最初に「悠さんへ」のような言葉がなく、いきなり「FLASHに」から喋り始めた時点でかなり不穏。一文に「僕に」「彼女に」がやたら出てくるので、非常に意味が取りづらい。

そのあとは、「わたくしの、心傷つけることも、多々、ありました。でも、彼女に、愛情があったから、そういうことも、我慢して、今日まで来ました」など、よりを戻したいはずなのに彼女を責める言葉が続く。

司会の坂上忍が加藤悠に返事を促し、すぐに彼女が「ごめんなさい」と断ると（当然だよね）、コウメは小さな声で「（返事が）はえーな、はえーな」とつぶやく。テレビ的な「え〜！　そんな〜！」みたいなリアクションもなく、百％の本音だから怖い。

ということで、このテレビ報道（？）は、恋愛対象としてかなり危なっかしい男の生々しい怖さを伝える残酷ショーとして成立してしまいました。コウメ太夫の性格を知るおぎやはぎがちょうどいい具合にフォローしていたし、悪趣味な人にとっては最高のエンターテインメントです。

しかし、最近食傷気味の不倫報道と違って、出演者が一応ひととおり「けしからん」と言うプレイを聞かなくていいから楽。どうせ悪趣味なら、社会正義に照らし合わせることを徹底して放棄し、こんなふうに人の恋愛にちょっかいを出す話のほうがよっぽどマシだわ。

それにしてもここ数年、ゴシップで実質的なデビューを果たす女性にやたら加藤姓が多いのは何なんだ。加藤紗里といい加藤綾菜といい。今後、加藤さんは気をつけて。

2017／9／28

デビューして四半世紀

菅義偉

東京新聞の望月記者による質問などで何かとニュースになる菅官房長官の会見。しかし、なんだか変な記事が目に飛び込んできました。

安室奈美恵の引退表明に言及し、「非常に寂しく、残念な思い」と感想を述べた、というニュースがあったのです。突然何なんだ。

菅氏が自らこれについて発言するとも思えないので、当然質問した人がいるわけです。実際の会見を見てみると、質問したのはフジテレビの記者。北朝鮮をめぐる発言についての質問などが飛び交うなか、安室奈美恵が来年九月に引退することについて唐突に菅氏に意見を求めています。

それに対し、菅氏は特に表情を変えることもなく答えます。「まずデビューして四半世紀、沖縄出身である、そしてまた、日本を代表するですね、アジアにおいても大活躍されておられます、数々のヒット曲を生み出して、独特のファッションを通じて若い女

すが長官アムラー説
粛々とすすめてまいります

性にですね、大きな影響を及ぼした安室さんが引退されることは、非常に寂しい思いでありますし、また、残念な思いを感じます。はい」

　これが回答の全文。

　そこにフジテレビ記者は、「長官は沖縄も担当されていますが、長官ご自身の安室さんの印象は」とさらに問いかけますが、それに対し菅氏はほぼ同じ内容を回答。フジの記者はもう少し何か聞きたそうでしたが、進行の人に遮られ、次の人の質問へ。

　何だろう、この違和感。

　もちろん安室奈美恵についての質問はそもそも変。でも、菅氏が呆れたような顔も見せず、「回答を差し控える（会見で頻出する言葉です）」こともなく、用意していたかのように答えたことのほうが奇妙です。仮に内容が事前に教えられていたんだとしても、本来詳細に答えるべき質問ではない。

ちなみに、以前は「カールロス（お菓子のカールが東日本で販売されなくなること）」について質問した人がいたけど、そのときは苦笑しながら「私は食べたことがないんじゃないか」などと答えている。それとは明らかに対応が違います。

菅氏は安室奈美恵の曲名やファッションについては曖昧な情報しか知らなさそうだけど、「デビューして四半世紀」なんて、それなりに興味を持ってニュースを見ていないと出てこない言葉です。しかし菅氏の趣味は渓流釣りとウォーキング、愛読書は歴史ものだそうで、典型的なオジサン嗜好。個人的に安室奈美恵が好きだとはとても思えない。

それこそフジの人がいうように「沖縄担当」だからかもしれないけど、もう少し一歩踏み込んだ興味がありそう。

つまり、政治的な面で安室奈美恵に興味がありそう。

安室奈美恵は、議員の今井絵理子よりも、オリンピックに登場した椎名林檎よりもアジア全体で受けがいいし、今後政治的に使われることがありそうです。ずいぶん前だけど、九州・沖縄サミットのイメージソング「NEVER END」を小渕首相（当時）からの指名で歌っていたこともあります。さすがにすぐ議員にはならないと思うけど……とりあえず国民栄誉賞からかな。

2017/10/5

逃げよう

新しい地図

困難に対して逃げずに立ち向かうという姿勢は本来よいことだとされますが、「嫌いなものから逃げないでほしい」と言って児童に嫌いなものを無理に食べさせたある岐阜県の小学校教師は、昨年度に延べ8回も嘔吐させてしまい、ニュースになりました。

夏休み明けに子供の自殺が多いというデータに基づき、鎌倉市図書館は一昨年「学校へ行くくらいなら死んじゃおうと思ったら、逃げ場所に図書館も思い出してね」とツイートして話題になりましたが、今年は上野動物園が「学校に行きたくないと思い悩んでいるみなさんへ／アメリカバクは敵から逃げる時は、一目散に水の中へ飛び込みます／逃げる時に誰かの許可はいりません。脇目も振らず逃げて下さい」とツイート。悩みや苦しみから逃げるのも大事なことだと説きました。

そして何より、去年大評判となったドラマ「逃げるは恥だが役に立つ」。今年度の日本民間放送連盟賞（ドラマ部門）を受賞。「逃げる」という言葉は、去年あたりからじわじわと大きなキーワードになってきているわけです。

一方で最近の政治は「国難突破」。思いっきり立ち向かってます。これは逃げることができずに敗戦まで突っ走った戦争の時代をおさらいするかのよう。政治家が「逃げ」と自分で口にするのは難しいとはいえ、スローガンからしてまるで時流を捉えていないことが分かります。

ユアタイムに出た前原氏は
「蛭子能収の漫画に出る
大汗をかいた人」にしか
見えなかった
リベラルが消滅するリスクをおかして
いいんですか
んー「リベラル」の意味が……
蛭子漫画だと こういうタイプの人は
殺されるか人を殺すか どっちかです

民進党代表なのに希望の党に合流するだの無所属で出馬だの、逃げ方もよく分からなくなった前原誠司氏は28日の「ユアタイム」に出演しましたが、モーリー・ロバートソンから「(二大政党が保守で)リベラルが消滅してしまう現象にもなるんですけども、そんなギャンブルをしていいのか」と鋭く聞かれると「リベラルとおっしゃったことの意味が分からないんですが、例えば私は……」と長々言い訳をしようとしたところで放送時間がなくなり、翌日でユアタイムが最終回なのに「また呼んでください」とまぬけな一言で去って行きました。まばたきがすごいし、身体中に大汗をかいてそう。どう見ても窮地なんだから、逃げないと心身の危険すら感じる。

そんな時代に登場した「新しい地図」。SMAPを解散し、他事務所に移った稲垣吾郎・草彅剛・香取慎吾の公式ファンサイトですが、その第1弾動画の冒頭メッセージはいきなり「逃げよう」と言い放つ。一文目、「逃げよう。自分を縛りつけるものから」という強烈なメッセージに始まり、「ボーダーを超えよう／塗り替えていこう」と続きます。

事務所やテレビ界・芸能界のしがらみから逃げられずに、解散報道についてお葬式のような雰囲気で謝らせられた、国民代表「逃げられなかった人」であるSMAP。その一部のメンバーが「逃げよう」というメッセージを発するのは、SMAPファンや芸能界に興味のある人だけでなく、今の日本人にとって鬱屈した世相をすべて叩き割るようなカタルシスがあります。これによって「逃げる」は一つの時代を象徴する言葉となったはず。今年の漢字は「逃」だ。

2017／10／12

どヘンタイ大募集

株式会社これから

毎年恒例のTBS系「キングオブコント」で準優勝した「にゃんこスター」は結成からわずか5か月のコンビ。優勝こそ逃しましたが、インパクトでは一番でした。ネタも子供に流行りそうでありながら大人も引きずりこむパワーのあるもので、人を傷つけるような部分がない。おそらくしばらくはテレビに引っ張りだこになるでしょう。

ネタ以外の部分でも、2人の親族がスタジオに観覧に来ていることを取り上げられたり、なんだか彼らのほんわかしたムードに番組すべてが引っぱられたかのよう。他のコンビの毒っ気の強いネタがウケづらかったようにさえ感じました。キングオブコントが「欽ちゃんの仮装大賞」になった感じ（別に貶してませんよ）。

コンビの若い方、「アンゴラ村長」こと佐藤歩実さんはウェブ制作などを手掛ける「株式会社これから」という会社の社員でもあるそうで、週5で働いているらしい。

芸能人（一応）であり、芸名も持っているにもかかわらずつい私が原稿で「さん付

ハードなドラムが叩ける
青森県黒石市のゆるキャラ「にゃんごすたー」と
佐藤さん
方向性は違うのに
まとう空気感は何か
似たものがあるよ

け」で書きたくなるのはこのへんなのである。親族が当たり前に出てきて祝っている感じ、会社勤めしてる感じ……プロの芸人の空気感が一切ない。佐藤さんは過去に別の人とコンビを組んで事務所に所属していたこともあり、決してド素人じゃないはずなんだけど、本人が「素人の素質」を持っているのかもしれない。

さて、「株式会社これから」のサイトを見てみると、なんと佐藤さんの出演を社員みんなでテレビで見て応援している様子が報告されています。やっぱり仮装大賞っぽい。

それにしてもこの会社は、会社名の時点でやや引っかかったけど、ベンチャー企業を戯画化したような会社です。

サイト内には「世界一のチームワーク」「本気で仕事して本気で遊ぶ」「コドモゴコロを忘れない大人」などというフレーズが並び、全員でウサイン・ボルトのポーズを取った写真があったり、ブログ内でサンシャイン池崎のマネで自己紹介している人がいたり……、いやいいんですよ、一企業のサイトをあげつらうなんて野暮ってもの。しかし芸人さんなら真っ先に茶化してしまいそうなこの「リア充」風センス、佐藤さんはどう思っているのだろうか。

と、本人が書いたブログ記事がサイト内にありました。

「(大学4年のときから)芸人もやっていたので、シュはどうしたものかと悩んでおりました。(シュは就活をかわいくしたもの)そんなとき見つけたのが『これから』の『どヘンタイ大募集!!』の広告…!!」

なんと佐藤さんは「どヘンタイ大募集」という言葉に惹かれてここに入ったらしい。

確かに、この会社の公式サイトでは社員を「どヘンタイ」と称している。「私って変態なんです」って言う人ほど平凡なもので……、いや、ともかく、この「リア充」的空気とお笑い芸人を両立できる佐藤さんはかなり貴重な存在です。彼女がテレビの玄人たちにちょうどよくブラッシュアップされて、お笑いに新しい流れが生まれますように！

私はずっと「佐藤さん」と呼びたい。

2017/10/19

予めご了承の上、お楽しみ下さい

アマゾンプライム・ビデオ

とんねるず石橋貴明が演じる「保毛尾田保毛男」がテレビに28年ぶりに復活して「今どきあの同性愛者差別的なネタをやるとは」と抗議が殺到、それに対して擁護も殺到。番組放送から2週間経っても炎上が収まらない気配です。

これに対して一応私の立場を表明しておくと、「ゲイ」という言葉がかなり一般化して「ホモ」という言葉が差別用語として忌避される現代に、当事者でもない人がその単語を深い考えもなく公共の電波で発している時点であまりに意識が低いと思う。

と、この問題についてはこれくらいに留めますが、こういった抗議は、抗議することでその表現がどのように問題かを社会に問いかけたいわけです。しかし、お互いが感情的なたたき合いになると、抗議した側がただの厄介者として扱われはじめます。そして、抗議された側は「面倒を避けられさえすればいい」という方向に行きがち。

というのも、最近私はアマゾンプライム・ビデオでお笑いのコンテンツを見て引っかかった言葉があるのです。

「当番組は、番組の性質上、ご覧になられる方によっては一部不適切と感じられる場合がございます。予めご了承の上、お楽しみ下さい」

なんと、多くの番組の冒頭にこんな言葉が出てくる。地上波でこんなの見たことない。オリジナルコンテンツを持つVODサービスではよく「地上波ではできない」を売りにした企画があるけれど、この冒頭の文章が、強烈な下ネタだとか食べものを粗末にしかねない企画とかを意味するんだったらまあいい。しかし、実際には差別になりかねない表現までもこの一言でごまかしている節がある。


例えば松本人志プロデュースの「ドキュメンタル・シーズン3」には、他人を揶揄するときに「ホモになった」という言葉が平気で出てくる。「オナベ」という言葉も出てくる。しかも「オナベ」については認識がそもそも

なんでもアリっぽい感じで
やってんのに
テーピングでかくしてる
タバコを吸うシーンは隠してない
野性爆弾・くっきーの
タトゥーを隠してる理由が
わからない…
それこそネットなら出していいのでは？

ズレていて、「男っぽい見た目だが、本来は女なので内面が女っぽい」という間違った前提で扱うシーンがある（これは「キングオブコント２０１２」でのバイきんぐの優勝ネタにも言える）。とにかくセクシャルマイノリティ全体についての認識が差別的で、古いし浅いし間違ってる。

別に番組自体は否定しないし、差別関係をぬきにすれば地上波でやりづらい面白いこともたくさん盛り込まれていると思います。コンテンツの総体のおもしろさについて否定するつもりはありません。

ただ、何が抗議されてるのか理解しないまま「地上波で厄介な奴に絡まれるなら、抗議されそうなことは地下に逃げてやればいいだろう。見る奴が悪い」という考えが冒頭の文章に現れている気がして、その甘えが癪に障るのです。

昔の文学作品や漫画が「現在では差別的と思われる表現が存在しますが、本作品が著された時代背景を考慮し……」などという註釈をつけて出版されることは確かにあるけど、いま作られているものをこの手の註釈で乗り切ろうとするなんて。差別表現は「ご了承」できませんよ。

2017/10/26

平成の

昭和生まれの人たち

「黒ずくめ『平成の忍者』窃盗容疑で逮捕」

おや、犯罪とは言えユーモラスなニュースですね。

「黒ずくめの衣装で深夜に（略）盗みを繰り返したとして、捜査員の間で『平成の忍者』と呼ばれていた男が窃盗や建造物侵入などの疑いで逮捕、起訴された。塀の上を逃げるなどの身軽さが特徴」

なるほど、確かにそりゃ忍者だ。平成の忍者ですって。平成の忍者……。

いや待て、「平成の」がいまだに「今どきの」「現代の」のような意味で使われるとはいったいどういうことだ。もう平成も29年ですよ？

「平成の」でニュースサイトを検索してみると、ここ数年の記事でも平成の何者かが続々と出てくる。出てきたものを順不同で並べると、平成の大打者、平成の経営の神様、平成のＷｉｎｋ、平成の歌姫、平成の怪物、平成のインパール作戦、平成の黒い霧事件、

ちなみに ジャニーズアイドルの
「忍者」も、昭和っぽいけど
活動期は平成です。
顔、ぜんぜん分からん
これこそ平成の忍者なんだが…
古い……

平成の参勤交代……。

おや、こう見てみると、「平成の」にもいくつか種類があることに気づきます。

まず、特に時代を問わない一般名詞に付けるもの（大打者・歌姫・怪物など）。あるいは明らかに昭和に起こった出来事に付けるもの（インパール作戦・黒い霧事件）。これらについては明確に「昭和」と比較する意図があるので、平成29年のものをこの言葉で語っても案外違和感はありません。

例えば、野球界で「平成の怪物」と言えば松坂大輔（特に平成10年代）ですが、これに対し元祖の「昭和の怪物」は江川卓。彼は昭和も40年を過ぎてからの活躍ですが、「昭和の」で呼ぶのはおかしくありません。その年号の時に活躍した者という意味なら、中盤や後半に出てきた人であってもしっくりきます。

やはり引っかかるのは、「平成の忍者」のように、昭和よりもかなり古い時代にしか存在しなかったもの・起こらなかった事に付けて、「現代の」といった意味で使う場合です。

もう再来年で年号が変わる可能性が濃厚なのに「今どきの」を表す言葉が「平成の」というのは古い。というかそもそもこの「平成の○○」という言い方そのものが、平成が始まったばかりの時代を思わせ、「平成の」なのに昭和の匂いがします。平成元年生まれもうすぐ30歳。それでもいまだに30代後半以上の世代は「平成の」を新しいものだと思っている節がある。

この感じだと、年号が変わったらすぐにでも「新しい年号の○○」がニュースに続々と登場するのは決定的。年号を跨いでも代わり映えのしない表現に少々うんざりしそう。そして「平成の」のフレーズは古さを表現することもできず、浮遊霊となりそう。

ちなみに「平成のWink」と呼ばれているのはHKT48内のユニットだそうですが、本家Winkの代表曲「淋しい熱帯魚」リリースはなんと平成元年です。Winkは結成こそ昭和ですが、活動期の大半は平成。日本全体に、やや古いものを昭和だと決めつけるまずい癖が出ている！　ドリカムのデビューもリンドバーグのデビューも平成。もう平成も古い。早く目を覚まして新時代に備えねば！

2017／11／2

ココロヲ・動かす・映画館〇

吉祥寺の映画館

大企業も著名人も関わっていない、こんな「街ネタ」を取りあげるなんて……とためらいがあってストックしておいたのですが、オープン記念に書いておきたい。東京の吉祥寺に開館した「ココロヲ・動かす・映画館〇」のことを。

まず、先入観なしにこの映画館の名前だけを見てどう思いますか。

私は全軍撤退を指示する。とにかく関わらずに離れておきたい。危険。

「ココロ」どころか勢い余って「ヲ」までカタカナにしていることも、間を取らせてもったいぶる役割を持つ「・」も、「心を動かす」という凡庸なフレーズも、最後に付く意味不明の「〇」も、そもそも映画館の名前を文章で表現してしまったことも……ネーミングの隅から隅まで悪い意味で完璧。

——財政破綻寸前の地方都市。市の上層部は「これからは文化で町おこしだ」と突然言い出した。シャッター商店街の真ん中に映画館を含む巨大なハコモノを作るという。

市役所勤務2年目の私もその担当。こんなの無茶だ、上は何も分かっていない、と嘆きつつもどうにか心を奮い立たせ、内容を検討し、SNSも積極的に活用してアピールしていかなきゃ……と策を練っていたところ、二回り年上の上司が満面の笑みで近寄ってくる。「施設内の映画館はこんな名前でどうだろう。斬新だろう?」

上司のメモ紙には『ココロヲ・動かす・映画館○』

ぎゃ――!!

通称「ココマルシアター」だそうで。
それを正式名にすればいいのに…
教団グッズ売ってまーす!
HEART真教
「いらすとや」的な人
6000円
2000円
50000円
新刊♡ ココロヲ守る本
ココロヲ・動かす・スイーツ○
ココロヲ・解放する石
なんかこんな感じのイメージ

……このネーミングは、そういうイメージ。

あるいは、新興宗教の教団内ショップで一袋二千円で売っている、何の変哲もないクッキー。『ココロヲ・動かす・スイーツ○』なんてね。ああぴったり来る。

さて今春、ひょんなことからこの映画館の名前を知った瞬間に私が感じた寒気は決して間違いではなかった。総支配人の発する言葉は妙に熱いのに、3月開館の予定が再三ずれこんだり（オープン日について「再々々々々々々延期」と揶揄される始末）、4月のプレオープン日に内装工事中だったり、スクリーンが波打っていたり……あまりにツッコミどころが多くてネット上ではローカルな映画館の話と思えないくらい話題になり、しまいには映画館の運営一般についての議論になるほどでした。このまま永遠に開館できないのでは、と思っていたら、冒頭で書いたようになんと最近オープンできたそうで。めでたい限り（オープニングイベントがまた機材の不備で上映中止になったそうですが）。

そんなわけで、映画好きには名前以前の件で批判されつづけているこの映画館ですが、ここは配給会社も兼ねていて、上映する作品だけは好評のもよう。映画への深い造詣とネーミングがどうにも嚙み合わない気がしますが、もしかしたら私のセンスのほうが古いんだろうか。この妙にピュアな名前だけは私は永遠に受け入れられないが……。いま、最近は純朴で熱いものが案外受けたりする風潮を感じるので、吉祥寺の文化を支えるためにしっかり運営してほしいです！　本音。

2017／11／9

言葉そのものに勢いがなく、低調な年

ユーキャン新語・流行語大賞事務局

ユーキャン新語・流行語大賞のノミネート、毎年楽しみにしております。といっても、ノミネート語のリストを見るだけでいつもおじさんの香りをむんむん感じるので、私の思う流行とのズレを毎年楽しんでいるわけです。

一応選考委員の名誉のために言っておくと、トップテンや大賞を選ぶのは著名な選考委員ですが、30語のノミネートの時点では自由国民社および大賞事務局しか関わっていません。この30語を選考する何者かをまとめて一つの人格に統合すると、確実にやや流行に遅れたおじさんになるはず。この人格を私は去年から「新流さん」と名づけています（「新語・流行語」を略し、赤瀬川原平の名作「新解さんの謎」になぞらえてます）。

さて今年のノミネートでまず注目すべきは「ユーチューバー」です。ヒカキンやはじめしゃちょーらが出演し、「好きなことで、生きていく」というCMが作られたのがもう3年前。その頃すでに流行どころか定着していた言葉ですが、今年唐突なノミネート。

この年月を経てやっと新流さんに届いたのかと思うと感無量です。すさまじく遅い！

もう一つ、謎のノミネートが「刀剣乱舞」。刀剣を擬人化したゲームとそれが由来のアニメ作品ですが、なんと2015年には刀剣乱舞のファンを指す「刀剣女子」のほうが先にノミネートされている。「刀剣女子」には「刀剣そのものを愛好する女子」という意味も乗っかっているため、新流さんは「ほう、女の子が日本刀にハマってるんだね。面白い」と思って2年前にうっかりノミネートしてしまったようです。ゲームが由来だとは知らず、今年、別ルートで作品の存在を知ったんでしょう。新流さんは若者にも寛容な一面を見せたいので必ずこういう要素をぶちこんできますが、いつもズレています。

さて、今年は賞の事務局（≒新流さん）が「言葉そのものに勢いがなく、低調な年」「例年と比較すると、嗜虐性、負の言葉が多い」とコメントしていますが、これには明

確な理由があります。

思い出してほしい。去年の大賞は「神ってる」。おととしは「トリプルスリー」。極端な野球偏重で、ほとんどの人がピンときませんでした。

ところが、今年のノミネートに野球関連の言葉はゼロ。スポーツネタ自体、「9・98」*の1つのみという寂しさです（毎年4～5個はある）。スポーツ観戦大好き、中でもプロ野球大好きな新流さんですが、今年は野球界をいくら探しても持って来られる単語が見つからなかったらしい。彼にとってこんなつまらないことはありません。そりゃ「低調な年」と愚痴も言いたくなります。

そういえば、新流さんはあの豊田真由子議員の暴言もセレクトしていますが、「このハゲー！」ではなく「ちーがーうーだーろー！」のほうを入れている。新流さんは「嗜虐性、負の言葉が多い」ともぼやいているし、そうか、きっと新流さんの頭は……。

そう考えているとどんどん新流さんのことがいとおしくなってくるわけで、来年も楽しみです。このままでいて。

2017／11／23

*陸上の桐生祥秀選手が100メートル競争で日本人で初めて10秒の壁を破る9・98秒を記録。

報道陣の皆さまに「こんにちは」してぇ？

いしだ壱成

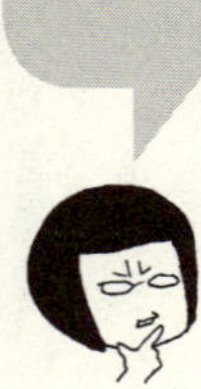

いしだ壱成、最高。不倫のニュースにはさすがにみんな食傷気味……そんなところへ、ただ23歳年下の無名女優・飯村貴子と交際し、電話口に恋人が出てベタついたやりとりをするという、後ろめたさを感じさせず気持ち悪がらせてくれるニュースを提供するいしだ壱成、最高。

マイクに囲まれながら壱成は彼女に電話をかけ、いきなり「たーたぁん？」「報道陣の皆さまに『こんにちは』してぇ？」と赤ちゃん言葉で話しかける。この様子は、壱成側が23歳年下に一目惚れしたという情報も含めて、スキャンダル史に残る名シーンとなりそうです。キモンタテインメント（キモさによるエンターテインメント）、私は大好き。どんどんやってほしい。2人でバラエティに出てほしい。

ところでこの2人のツイッターを追ってみると、いちばん最初は飯村から話しかけています。今年5月9日に「共演させて頂く飯村貴子です!! よろしくお願いします！」

とふつうに挨拶。壱成は当たり障りのない返事。

同月中にもう一度飯村から話しかけた後、ずいぶん空いて10月1日。飯村から「壱成さんお久しぶりです／覚えてますか??」と突然のリプライ。それに対し壱成は「たぁこ久しぶりー♪　元気かい？」と返事。この感じ、まだつきあっているとは思えない。

しかしその6日後、飯村の誕生日報告に対して壱成から「おめでとう!!」とリプライが。壱成側から言葉をかけるのはこれが初めて。飯村は「えええええ壱成さん!!　まさか（お祝いの言葉を）もらえるとは!!　ありがとうございます!!」と狂喜している。

おそらくこの頃から交際に発展したものと思われますが、これを見ると、壱成側の一目惚れというより、明らかに飯村側からの猛攻勢が先じゃないか。
出会いのきっかけとなった劇でも、サイト内の出演者クレジット順で壱成は1番目ですが、飯村は東京限定キャス

ト の29番目。劇中で大きなからみがあったとはとても思えない。

交際発覚後も飯村は「今回の騒動でお騒がせしております！（略）私飯村貴子は、俳優のいしだ壱成さんと交際させて頂いております！　しばらくの間、お騒がせするかもしれません（略）」とツイートしていますが、「！」を多用し「騒」の字を3回も使って、世間が騒いでいることがとても嬉しそうです。前妻が残した物を平気で使っているという報道からも、相当肝の据わった子だぜこの子は。

ちなみに彼女との交際を報告する壱成のブログ（なぜか消去済）には「二人とも、いく分か性格も変わりました。僕は陽気なおじさんに。彼女は家庭的な女性に」とありますす。あれだけ前妻への亭主関白ぶりを非難されながら、新彼女にも「家庭的」を求めている様子。また、「ツインソウル、もしそれが本当に存在するならきっと僕たちのこと」「この菊理姫《くくりひめ》（壱成が移住した北陸の白山に祀られる神）がつないだご縁、大事にします」と、スピリチュアルな一面も忘れない。こうなってくるともちろん大麻での逮捕歴も想起されてしまう。心配は尽きない。

2017/11/30

ぼくがアイツだったら、「ここまでこれてうれしい！」っていうでしょうね！

西畠清順

「めざせ！　世界一のクリスマスツリープロジェクト」炎上。

「ほぼ日刊イトイ新聞」がサポートし、プラントハンターを名乗る西畠清順氏が推し進めるこの計画は、ニューヨークのロックフェラーセンターに毎年立てられる巨大クリスマスツリーよりも大きなツリーを神戸に立てるというものです。富山県氷見市に生えていた樹齢百五十年のあすなろの巨木を根元ごと掘り起こして運び、神戸のメリケンパークに植え替え、「震災からの復興と再生の象徴として、未来に向けた希望のメッセージを送る」らしい。

さらに、ツリーとしての役目が終わったらどうやら伐り倒すようで（「寿命を終えた特別な樹木」との表現がある）、ヘアゴム状のアクセサリーに加工し「あすなろバングル『継ぐ実』」としてフェリシモが販売するらしい。３８００円、高い。名前もデザインもはっきり言ってパッとしない。

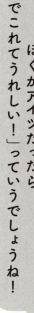

ということで、震災復興というデリケートな課題に対し特に関係ない北陸の巨木を一本運んで結局伐り倒し、しようもないグッズに加工することに対し主に神戸の人や富山の人から疑問が殺到し、見事に炎上となりました。

ただ、樹齢二百年レベルの巨木が木材として販売されること自体は別に珍しくありません。だから、何の思いも乗せず単に「巨大クリスマスツリーを作ります！」というだけならむしろ炎上は小さかったかも。アッパーでバブリーな企画、別にいいんじゃないでしょうか。これが炎上した理由は、主に西畠氏が語る「ほぼ日」的な大量の言辞にあると思われます。

彼は、「『この木が可哀想』とか『人間のエゴなんじゃ？』とか、そんな意見が自然に出てくると思う。議論になることが僕の願い。木の命をいただいて生きていることも伝えたかった」と言う。自ら取り組んだ批判が予想される行為について「議論のきっかけ」と前置きする手口は卑怯です。批判されても「分かってますよ、それこそが狙いです」と一段上から余裕の顔つきでかわすことができてしまう。

さらに問題なのは、彼がオカルティックなほど木を擬人化し、思いを乗せていること。「富山の山奥でだれからも見向きもされずに、ひっそりと自生していた木だからこそ届けられるメッセージがある」「ぼくは、植物の本能は『遠くへ旅をすること』だと思っているんです。もしぼくがアイツ（あすなろの木）だったら、『ここまでこれてうれしい！』っていうでしょうね！」

言わないと思う。

木は人に気づかれたくて生えてるわけじゃないし、木を擬人化してるのは人間のエゴではなく西畠氏のエゴです。

「ほぼ日」界隈は、バブルの残り香に妙に幼児的で柔らかい言葉・空気をまぶして常に独特の匂いを放っていますが、このプロジェクトはそれを凝縮したかのよう。「ほぼ日」的なるものへの反感がこれを機に爆発したと言っていいでしょう。

やはり私個人としては、目の笑ってない笑顔で近づいてくる「ほぼ日」界隈とは一定の距離を置いておこう、と決意を固くした次第。

2017／12／7

日本国体を担う相撲道の精神

貴乃花親方

日馬富士の暴力事件で、貴乃花親方を「固陋《ころう》な相撲協会に立ち向かう若き正義のヒーロー」としてとらえる見方には疑問を感じています。

貴乃花部屋は、以前にも書いたとおり大阪場所の宿舎を宇治市の「龍神総宮社」なる新興宗教施設に構えていますが、ここのサイトには「ガンが消えた!!」という体験談が載っていたり、「姿を現した龍神!!」として心霊写真みたいなものが載っていたりと、かなり怪しい。親方本人が信者だというだけなら自由だけれど、この宗教の創始者の辻本源治郎、その子で現・祭主の辻本公俊《よしとし》から名を取った「貴源治《たかげんじ》」「貴公俊《たかよしとし》」という力士までいるとなるとそうも言っていられません。

貴公俊（兄）と貴源治（弟）は双子の兄弟で現在20歳。入門頃から有望視されており、弟は現在十両力士です。彼の3年前のツイッターを見ると、好きなラッパーの名言をリツイートしたり、友人と何気ない会話をしたり、ふつうの明るい若者という感じ。

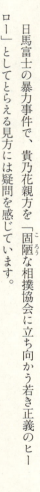

しかし14年10月18日、「やり方が気に食わん／何でもかんでも、気に入らなかったらそれか？／それじゃついてこねーよ」「理不尽過ぎる」と、何かに強く怒っている。

実はこの直後の場所、彼の兄弟子の「貴斗志《たかとし》」が、幕下3枚目まで昇進していよいよ来場所は夢の関取かというところで唐突に引退しています。これについてはNHKアナも「師匠の貴乃花親方の話ですと……どうもこのまま休場から引退へということだそうです。ここまで上がってきましたが……」と訝しむように伝えており、貴斗志は何らかの理由で親方にクビにされたのでは？ 貴源治が理不尽だと怒っているのもこの件なのでは？ と噂になったのです。

その後まもなく貴源治はツイッターをやめ、1年前に別アカウントで再開。しかしそれは旭日旗をバックに「男は人生太く短く。日本人としての誇りを胸に」とのメッセージを掲げたもので、ツイートも絵に描いたように右傾化してしまいました。

今年の5月、
貴源治のNHKインタビューで
「相撲生活でつらかったこと」を
聞かれ
→化粧まわしも龍神総宮社
貴源治
龍神総宮社
孤独感があって…
と言ったのがとても引っかかっている。
集団生活で、孤独とはいちばん
無縁なはずなのに。何があった？

兄の貴公俊も3年前は友人とツイッターで何気ない会話を楽しみ、時には「となりの誰かが戦争に行く。決めたのはこの人（注：安倍首相）です」という内容をRTすることすらあったのですが、弟同様に一度やめて再開してから右傾化し、旭日旗とともに「日本人として日本という《ママ》国に当然誇りをもってます」と掲げる。

そしてその2人を指導する貴乃花親方は、今回の千秋楽パーティで「日本国体を担う相撲道の精神」と発言。相撲は確かに「国技」とも言われますが、「国体」となると話は別です。民族主義にもつながる。

こんな師匠と、垣間見える新興宗教、影響を受けて右傾化した弟子。これを知ったうえではどうしても貴乃花親方をヒーロー視できない。貴ノ岩（殴られた被害者）を三週間も部屋から出さないのもまるで軟禁のようで、果たして彼を守るためなのかどうか。彼は部屋唯一の外国出身力士だけに、不安が募ります。

協会への不信は分かるとしても、貴乃花親方はどうか有望な弟子を変な方向へ導かないでほしい。親方は弟子にとって父親なんですから……。

2017／12／14

宿題今終わってないンゴ！

いい声のアナウンサー

ユーキャンの新語・流行語大賞よりは少なくとも新鮮に感じるので、毎年ガールズ・リサーチ・プレス（以下ＧＲＰ）が発表している恒例の「ギャル流行語」は必ずチェックしています。使いはしないけど、何一つ分からなくなったらこんなコラムを書く資格はないような気がするのだ。

で、２０１７年の１位は「マ？」らしい。私はギリギリ知ってた。ホッ。これは「マジ？」と同義で、話し言葉よりもＳＮＳ等での「打ち言葉」で使われる感嘆詞。

以下、２位は「だいしてる」（大好き＋愛してる）、３位「スタ連」（ＬＩＮＥでのスタンプ連打）、４位「過去１」（今までで一番という意味の副詞）、５位「フロリダ」（風呂に入るのでＬＩＮＥのトークなどから離脱）と続く。いいなあ、フロリダ。

ところで、似たようなランキングもだんだん増えてきました。「めざましテレビ」では女子高生流行語大賞が恒例になっています。今年の１位は「インスタ映え」、以下

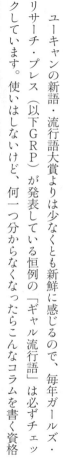

特にかくことがないので椎木里佳をかきました。
炎上、上等ってかんじです。親が上場企業の社長で幼稚舎から慶應で顔もそこそこカワイイ(笑)そりゃ叩かれますよね。
↑本当に自分でこう言ってる。スゴイ!!

「LJK」（ラスト女子高生＝高校3年）、「チキる」（チキンから派生、弱気でいること）、「リムる」（SNSでリムーブする）、「〇〇な説」（文尾に付ける。番組「水曜日のダウンタウン」からか?）。

そして「女子大生社長」で有名な椎木里佳氏の会社AMFも「JC・JK流行語大賞」なるものを始めたようです。約百名の女子中高生チーム「JCJK調査隊」によるものだそうで、1位は「〇〇み」（形容詞につける）、以下「熱盛」*（説明が長いので別記）、「彼女感」（インスタで彼氏が撮ってくれたっぽい写真に使う）、「まじ卍《まんじ》」（感嘆詞。深い意味はない）、「ンゴ」（文尾に付ける。ネット発祥）。

意外なほど上位が重ならないけど、いま「ギャル流行語」でランクインしている「マ?」は去年の「めざまし」で「マ!?」として6位に入っているし、今後は流行をとらえる早さを競い合うことになりそうです。

椎木里佳は「新語・流行語大賞を超えたいという思いから始めた」「流行を全て把握したのも同然というふうに思っているので、少し先のトレンドを見たいという方は、本家よりもいい情報が得られるかもしれません」と強気に語り、ユーキャンに対抗意識を燃やしているのですが、どちらかというと先輩にあたるのはGRPでしょう。GRPは09年からこれを続けてるんだから、これを上回る説得力や面白さがほしいですよね。

ただ、「ギャル流行語」については、「ギャル」という概念が古さを帯びかねないという弱点がある。その点「JC・JK」は、言い方が古くなったとしても「女子中高生」と言い替えてほぼ問題がないので、強い。椎木里佳、今まで細かな炎上を繰り返している人ですが、マーケティング力は非常に強そうです。先輩のGRP、負けるな!

それにしても、最近のこれらの言葉はほぼ全部「打ち言葉」。これを音声で読まれるとすごく恥ずかしい。テレビでいい声のアナウンサーがやや感情を込めて「宿題今終わってないンゴ!　のように使います」なんて言うと、心臓がキュッとなって苦い汁が喉から出てきそう。打ち言葉を声に出すの、やめて!

2017/12/21

*2017年4月20日、テレビ朝日「報道ステーション」のスポーツコーナーで熱いプレーを紹介する際に出る「熱盛」のテロップと「あつもり!」という軽快なナレーションが、真面目な事件を報道している際に出てしまうという放送事故が発生。その後、LINEのやりとり中、何の脈絡もない場面で突然「熱盛」と放り込むことが女子高生の間で流行。

会議の後舟券買ったけど外れる、悲しい、

蛭子能収ツイッター

*藤吉久美子不倫騒動について調べていたら太川陽介から自然と蛭子さんにたどりつき、結果として「蛭子さんのブログは乗っ取られているのでは?」という疑惑に達しましたので、話半分に聞いていただければ幸いです。

太川陽介といえば、最近の相方は「ローカル路線バス乗り継ぎの旅」で共演していた蛭子能収。なにか蛭子さんがうかつなことでも言ってないかしら、と思って蛭子さんのブログを読んでみて、びっくりしたのです。

蛭子さんといえばかつて映画に関するブログをやっていた記憶がうっすらあったのですが、いま見てみると「えびすにっき」として日常を書くものに変わっていました。現段階で最終更新が11月初旬なので、当然太川陽介についての言及はありません。しかしそんなことより、文中にクマさんやネコさん、ハート、キラキラマーク、音符、カラフルな絵文字が舞いまくっているのだ。こんなの蛭子さんじゃないよ! どうした?

さかのぼると、蛭子さんがブログを始めたのは09年6月。「エビスのシネマミシュラン」として、映画評論をメインとしていました。ちなみに3つ目の記事ですでに、「パソコンや携帯で文章を打つのは苦手なので、俺が喋ったのを家族やマネージャーに打ってもらっています」と代筆を認めている。まあ、それはいいんです。この頃、絵文字のたぐいは一切ない。

2011年7月29日……
何の脈絡もなく
@ebisu_jp 2011年7月29日
佐野史郎
とだけツイートする蛭子さん。
怖い!! でもこれこそ蛭子さん!!
↓今のブログ
みなさん、こんばんは
今日はホリプロの女性タレントの井上咲楽さんも、似顔絵サイン会へ来てくれました
ありがとうね
こんなの蛭子さんじゃない!!

そして、10年2月にはツイッターを開設。直後に「羽田空港だ、いまから大村にいきます、競艇の仕事です。」「会議の後舟券買ったけど外れる、悲しい、」などと書いています。私はこれを見て、ツイッターに関しては代筆ではないと確信しました。「。」にするべきところが何度も「、」になっている。この欄で何度か指摘したとおり、句読点が乱れるのはSNSに慣れない年配の人（あるいは、若くても精神状態が不安定な人）に非常によく見られる傾向です。

その後ブログのほうは、なぜか11年7月で途絶えてしまう。そして、5年も空いた16年11月、「『エビスのシネマミシュラン』改め、今日からは『えびすにっき』で更新していきます」として突如復活。

しかし、ここからは文体が完全に変わるのです。「笑」の意味の「w」を早々に使い、ものすごい勢いで絵文字が増えてゆく。

ツイッターでも、今年2月に「マネージャーだけでなく俺もたまにはつぶやくよ…」と書いた紙を掲げる画像とともに「喋ったこと、家族に打ってはもらうけどw」とツイートしている。もう本人が直接つぶやいてはいないのだ。今ではブログは前出のようにカラフルな絵文字だらけ。これはもはや代筆というより、家族やマネージャーによる乗っ取りである！

どうかあの毒々しい蛭子さんのテイストを多少は再現できる人にブログをやってほしい。そして、せめてツイッターは代筆ではなく本人が打ってほしい。打ち間違いも含めて生々しい声がSNSの魅力なんですから。太川さんについても、ツイッターで空気の読めないコメントが見たいです！

2017／12／28

*女優の藤吉久美子がテレビ局員と不倫していると「週刊文春」が報道。夫の太川陽介が苦笑しながら会見を開き、藤吉久美子は号泣謝罪を行った。

BLの少年ぽい声が向いてると思うんですが、どうすればいいですかね？

中川パラダイスツイッター

ウーマンラッシュアワー村本大輔、もともと毀誉褒貶の激しい芸人さんですが、去年アベマTVにレギュラー番組を持ち始めたあたりから政治的な分野にも言及しはじめました。その活動は芸人同士の人間関係に頼ったものになりがちな最近のテレビ番組とは一線を画していて面白いと思うのですが、それだけにテレビではふるまいづらそう。と、勝手に案じていたら、彼は最近のいろいろな活動をフジテレビのTHE MANZAIで披露した漫才に入れ込み、かなり話題になりました。元々の漫才のスタイルであるすさまじい早口に載せて、故郷福井の原発の話、小池百合子、沖縄の基地問題、熊本の被災地の問題、日米の国交の問題などをいじり、最後には日本国民の意識の低さを揶揄するというネタ。最近のテレビでは政治色のある芸がほとんど見られないだけに、同業の漫才師のみならず各界の著名人、共産党の志位委員長まで絶賛していました。

このネタで、客側が力を抜いて見られるのは最初の自己紹介の部分くらい。あとはずっと高速で休みなくいくつもの政治的テーマを駆け抜ける。だから、正直言って客側はやや疲れるし、テーマがころころ変わるので若干セリフも説明的になってしまいます。政治的云々はおいといて、一本のネタとしては本来ならテーマをもう少し絞り、内容に緩急をつけながらのほうが漫才としての完成度は高いように思う。しかし、彼は今回あえてそれをせず、数分という尺で「テレビでこういうことをやれるんだぞ」と見せるために総論的なネタを作ったのではないかと私は推測しています。

村本大輔は今回の好評をすごく喜びながらもツイッターでは非常に冷静で、志位委員長の評価にもすり寄らず突き返さず軽く冗談でいなし、「アベと会食して誇らしげにしているマツモトヒトシなんかとは器の大きさが違います」と他の芸人を下げながら褒めてくるファンに対しては「おれは政治的なスタンスで芸や人格を批判するのは違うと思

ってます。あなたの強すぎる正義は思い込みを生み、物事の本質を見失なわせる。それは自分と違う意見の影響力に怖がってるだけ。他人のスタンスを尊重し、自分の意見を更に大切にしよう」とあまりにも真っ当な返しをしています。勢い余って「おれを利用して自分の気にくわない対象者を攻撃するカマ野郎が多い」と軽々しく差別的な単語を使ってしまうのはダメだと思うけど、批判に関しても生産的に話せる人であることは間違いない。テレビでふるまいづらそうなんて思ってすみません。もうそういう枠じゃなく、単純に今後の活動が予測不能で楽しみな人になりました。

しかしこのネタを見事にやりきった相方である中川パラダイスはどう考えているのかとツイッターを見てみたら、漫才のことにはほとんど触れず、音響系の仕事をしている人に「アダルトアニメの声優になりたくて(略)、BLの少年ぽい声が向いてると思うんですが、どうすればいいですかね?」という大真面目な相談をしていました。いちばん笑ったわ。なんだこのコンビ。

2018/1/4・11

陛下の御守護をいたすこと力士そこに天命あり

貴乃花親方

貴乃花親方が後援者である池口恵観氏にあてたメールを週刊朝日が公開しましたが、「大相撲の起源を取り戻すべくの現世への生まれ変わりの私の天命があると心得ており」「角道の精華とは（略）力士学徒の教室の上に掲げられております陛下からの賜りしの訓です」など、文章力のない人が大仰な文を書こうとして膨れあがったような異様な文体。「べくの」「賜りしの」といった文法的におかしな部分も多く、大相撲中継での貴乃花親方の解説の印象と変わらない、考えを文章にするのが非常に苦手な人というイメージです。テレビ報道陣に頑なに沈黙を貫いていたのも、喋るとボロが出るから黙るよう助言されていたのではないかと邪推してしまいます。

この文章で驚いたのは、貴乃花親方が「角道の精華」なる文章を「陛下のお言葉」と言い切り、その意味について「（日本相撲協会は）国体を担う団体」「国士として力人として陛下の御守護をいたすこと力士そこに天命あり」と、飛躍にもほどがある独自解釈をしていること。

　まず「角道の精華」という詩は確かに相撲教習所の教室に飾られていますが、「大井光陽」と作者が明記されており、明らかに陛下の作ではない。文章も「技を磨き心を練る春又秋／文を学び武を振い両ながら兼ね修む／呵呍の呼吸君知るや否や／角道の精華八洲に耀く」……これで全文です。天皇陛下のことなどこれっぽっちも出てこない。

　教室にはその横に昭和天皇が詠んだ和歌が飾ってありますが、それは「ひさしくも／みざりしすまひ／ひと〱と／手をたゝきつゝ／みるがたのしさ」というもので、久しぶりの相撲をみんなと見るのは楽しいな、というだけのほのぼのしたものです。貴乃花親方、そもそも陛下の和歌と隣の詩を取り違えているのでは？

白鵬
あわあわ…
貴乃花
ガチンコーーン
こんなん描いてるけど
現役時の横綱貴乃花の
相撲はむちゃくちゃ好きだったんだよお…

　週刊文春でも既報の通り、背任疑惑で追放された元協会顧問・K氏と貴乃花親方が懇意であることも相撲通の中では常識と化しています。やはり私は貴乃花親方をヒーロー視する報道に気味の悪いものを感じます。

というと「では白鵬派なのか」とすぐ言われるわけですが、肘打ちやダメ押しを多用するどころか、自分の負けに納得がいかないと1分間も土俵下で仁王立ちするという前代未聞の冒瀆行為（昨年九州場所11日目）を行った白鵬に対して私の評価はそうとう落ちています。日馬富士の暴行をしばらく放置していた件についてももっと厳しい処分が下るべきだし、度重なる白鵬の問題行為に甘い裁定を繰り返す八角理事長についても頼りなく思っています。

そんなわけで私は最近大相撲の報道に出てくる主要メンバーの誰も支持できず、二十余年の好角家人生で、はっきり言って初めて大相撲が嫌いになりそうな暗い年明けです。まあ私一人が大相撲を見なくなったところで相撲界に何の影響もないですが、一方でオリジナル国粋主義に没入し、一方で勝ちにこだわってゴネる行為が美しいとされる大相撲になるなら、できれば私が完全に大相撲を見放してからにしてほしいです。

2018／1／18

扇子探してます!!!

北九州市の新成人のツイッター

荒れる成人式ですっかりおなじみになった北九州市成人式ですが、去年は、市が成人式にあたり「きちんとした服装」で参加するよう異例の呼びかけを行っていたらしい。「近年、奇抜な衣装で出席する新成人がテレビ番組などで取り上げられ、市民から苦情が出ていた」とのことです。

しかしなんと今年、去年のお達しからたった一年で、北九州市成人式公式サイトから服装に関する注意が消えました。酒類や旗・幟・風船など、式の進行の妨げになる物の持ち込み制限はあるものの、服装についてはうるさくない。市も諦めたのか、認めたのか。

見た目はマジメな大学生という感じの北九州市新成人委員たちは、式の実行に向けての会議で「北九州市成人式の『すごい』のイメージを変えたい」と宣言しており、暗に派手な成人式を否定しています。しかし、最終的に決まった成人式のテーマは『虹〜終

オリジナリティのかたまり!!
金の傘(名入り)
金のファー
幟
ファー付き名入り扇子
白手袋
金の羽織袴
髪はわりと大人しい所に本人のマジメな性格が見える

わりなき未来～』。「虹」なんて、成人式報道でよく見る虹色に染めた髪の毛やド派手な和服をイメージしちゃうよ。そもそも、衣装そのもので迷惑を被る人はいないんだし、派手なこと自体は別にいいんじゃないのかな。

……どうやら私だけでなく世間もそう思い始めたようで、だんだん報道も「荒れる成人式」を「派手な成人式」という肯定的な文脈で見るようになってきました。

北九州市の写真家・栗山喬氏のサイトには式の写真がたくさん上がっていますが、栗山氏によると「ド派手ファッションの目立つ子達は、全体の5％ぐらい」「特に目立つ子達の衣装って数十万から百万越すような特注品です」「高校卒業してすぐに就職して必死にお金貯めて、一生に一度の成人式に懸けてるんだそうです」ということで、この情熱については感嘆するしかない。もはや新しい文化です。

さて、今回報道にもよく写真が出ていた、特注の名入り傘まで作り、人力車に乗って登場したひときわ目立つTさんカップル。彼と彼女のツイッターはすぐに見つかったのですが、ふだんは家業の建設会社でマジメに働いている様子。やはり成人式にかける思いは格別のようで、金の羽織袴に白手袋（これ独特だよね）、ファー付き・名入りの幟と扇子、幟は他にも彼女との連名のものなど計5本。その一世一代のおめかし写真を惜しげもなくツイッターに連投しつつ、同時に「成人式 最後の晴れ舞台！」とも宣言。彼らにとってはこれが人生の相当大きな区切りなのでしょう。

どうやら彼ら、せっかく作った扇子を紛失したようで、彼女が必死に「扇子探してます!!!『T（注：実際には本名）』『板櫃の８９３』（と書いてあるもの）持ってる人ＤＭください」と呼びかけている。もんのすごい大事なんだろうなあ。「荒れる成人式」改め「派手な成人式」、その唯一無二のファッション性から今やもう新世紀の自発的なお祭となっているので、来年あたりは海外メディアが続々と取材にきそうな気がする。それがいいことかどうかは両刃の剣だけど。くれぐれも暴力沙汰や飲酒関連の事件にだけは気をつけてください！

2018／1／25

相当飢えているようです

Peing公式ツイッター

浮いては消える新しいSNS、最近流行りだしたのは「Peing－質問箱－」というサービスです。匿名の不特定多数の人からの質問を受けつけ、それに答えるというだけのもの。個人が開発して昨年11月にスタートすると、すぐに月間2億PVを達成。有名人も次々に飛びつき、即座にネット系企業に買収された急成長サイトです。

しかし、Peingは公式ツイッターで「自作自演の質問が30万件ありました。相当飢えているようです」「約120人が100問も自分に質問を送っていました」と発表し、これが炎上。匿名性が売りなのに、自分で自分に質問している人のデータをしっかり把握していて、そんな利用者を嘲笑したわけです。炎上もやむなし。

問題の公式ツイッターを見ると、ずっと偽悪的というか冷笑的というか、およそ公式なものとは思えないほど口が悪い。炎上について一応謝罪したものの、すぐ「公式アカウントのことが嫌いになっても質問箱のことは嫌いにならないでください！」と前田敦子風の発言でおちゃらけたり、「こちらは面白いサービスや興味深い情報を無料で提供しているだけです」と開き直ったり、ついには「みんなもっとユーモアを持とうぜ」と見下す始末。そのあと担当者が上司に叱られたのか、「一度本アカウントは運用方法を見直すため自粛期間に入ることに致しました」と書き記して黙ってしまいました。

ＮＨＫやシャープなど、企業が「ゆるい」雰囲気のツイッターを運営し、その人間味で人気を博すことはよくありますが、そんな使い方もかなり一般化している。だからPeingは何の考えもなく担当者が素のままでツイッターを運営したんでしょう。その結果、「中の人」の性格の悪さがただ丸見えになるというひどい結果に。

また、Peingのトップページには「真似したサービスが増えています。それらの類似サービスと質問箱は関係がありませんのでご注意ください」などとしゃあしゃあと書いてあるのです

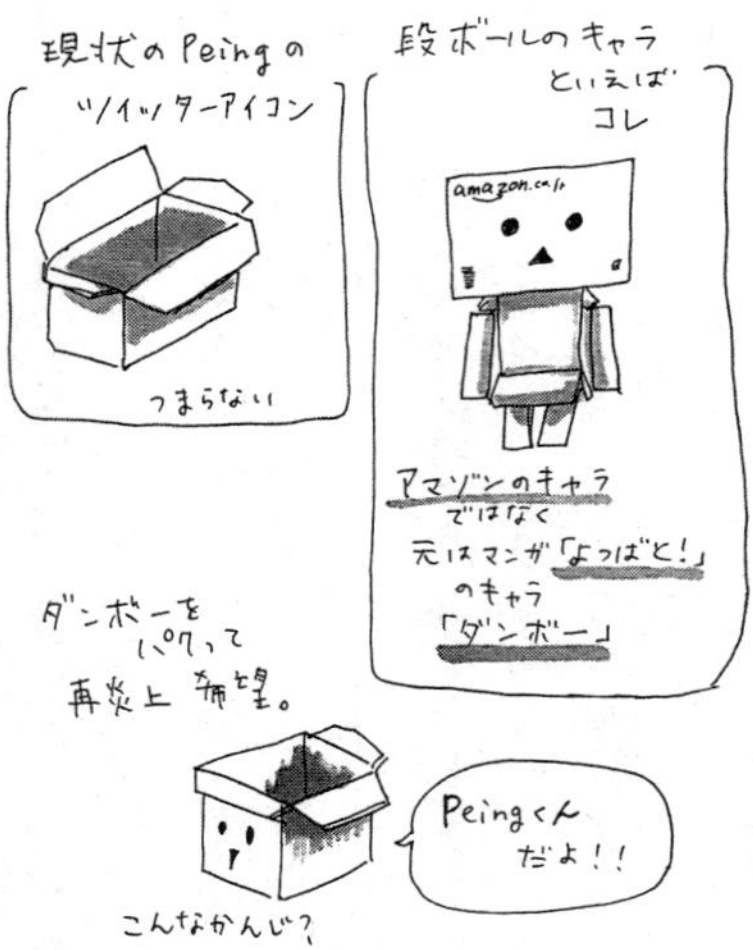
現状のPeingの
ツイッターアイコン
つまらない
段ボールのキャラ
といえば
コレ
amazon.co.jp
アマゾンのキャラ
ではなく
元はマンガ「よつばと!」
のキャラ
「ダンボー」
ダンボーを
パクって
再炎上希望。
Peingくん
だよ!!
こんなかんじ?

が、匿名で質問を受けつけるSNSは、「Ask.fm」「ザ・インタビューズ」など、ずいぶん前から類似のものがあります。同じようなものが今さらよく流行したなとも思うし、堂々と「マネするな」と言い放てるとはずいぶん肝が据わっています。

ネット出身の人には、冷笑的な態度ゆえに目立って、炎上しながらも成功するという例があります。ホリエモンとか西村博之とか、最近ではユーチューバーのヒカルとか。でも、ああいうのは最低限、顔を出して矢面に立つ覚悟があるからできることなんだな。Peingが口が悪いのを続行させるためには、担当者が顔出しするか、あるいは今のツイッターアイコンに使っている何の変哲もない段ボールの絵をゆるキャラ化させるしかない。

NHKのねほりんぱほりんとか、はに丸とか、キツい発言をゆるキャラで緩和させるのも最近の流行です。Peingも早くアイコンを変えたほうがいいよ。段ボール箱じゃ味方になる人も出ない。

2018／2／1

男社会だなあって……

森三中　黒沢かずこ

男性の女性に対するセクハラには、「女性を過剰に『異なる性』として意識するあまり、性的な話題でしかアプローチできない」あるいは逆に「男社会でなら許容されうる強烈な下ネタを、気にせず女にも行使してしまう」というものがあると思うんです。

というのはアマゾンプライムでやってる松本人志「ドキュメンタル」シリーズの話なんですけど、女の人でこれを楽しんでる人ってどのくらいいるのかな。よく批判されないなあと思うし、私も我ながらよく見るな、と思う（あ、今回、ネタバレありです）。

「ドキュメンタル」シリーズは、芸人が10人程度集められ、密室でお互いに笑わせあって笑ってしまった者から退場するという単純なルールの企画です。思わず笑ってしまうという点でやはり強いのは身体を張った下ネタ。シーズン3のちんちんを使った一発芸には正直私も笑ったんだけど、もう下品さではこのへんが限界じゃないだろうか。

シーズン3の出演者は男だけだからまだよかった。でも、最新作のシーズン4には森

三中・黒沢さん（個人的思いから、ここだけ「さん」をつけます）が紅一点で登場しています。その黒沢さんは開始からまもなく、特に下ネタも出ていない状況で突然泣き出してしまう。出演者が困惑していると「男社会だなあって……」と吐き出すのです。

確かにこの時点で黒沢さんは男臭い他出演者同士の会話に入っていくことができず、笑わせるか否か以前にかなりの疎外感があったのだと思います。しかしこの一言は予言のように響き、後にもっとひどい状態を作り出します。

その後、優しく慰めようとしたFUJIWARA藤本が実は黒沢とつきあっていた、という嘘から、一気にセックス（と称する、おかしな身体のからませ方）の実演へ。さらに下ネタはインフレを起こし、宮迫博之は何の脈絡もなく勃起したちんちんを披露するし、スピードワゴン井戸田もちんちんを露出して文字通りいじられた上に室内で放尿、千鳥ノブも全裸で唐突に放尿。

阿鼻叫喚の事態ですが、ここにずっと黒沢さんはいる。異常すぎて感覚が麻痺するけど、すべてまごうことなきセクハラ。しまいには黒沢さんは自ら空気入れを肛門に入れようと試みますが、このときはもう笑わせようというよりも「自分もひどい下ネタを披露しなきゃいけない」と追い詰められた気持ちだったと思われます。憔悴した顔をしていて、あまりに気の毒でした。

基本的に松本人志の笑いは男尊女卑観がものすごく強いと思うのですが、人の上に立つ使命感なのか、女芸人も使いたいという気持ちは強いのだと思う（シーズン2でも森三中・大島を起用している）。でも、結局女芸人が来てしまうと、松本人志門下にあたる芸人たちは女芸人に対し性的な方面でアプローチしてしまう。一般論としてのセクハラについてもあまりに無頓着です。

この企画は「男子の部室」での笑いの延長線上なんだから、そこに無理に女を入れなくていい。入れたら即セクハラが起こる現状、もう少し自覚してほしいです。

2018/2/8

7年前の八百長事件の際

週刊文春

週刊文春、大相撲報道で週刊新潮と全く同じ路線とってんじゃねーよ。能年玲奈の事件では洗脳説を採る週刊新潮と真っ向から対立して個人に味方し、成宮寛貴事件では本人よりもチクった奴の怪しさを暴き、ジャニーズにも腰が引けてなかった文春が大相撲報道では週刊新潮とそっくり同じ意見。大本営発表か。

週刊新潮や保守誌のＷｉＬＬに貴乃花親方徹底擁護の記事を寄稿する元相撲協会の危機管理委員長・宗像紀夫。この人は、力士が登場するパチンコ台をめぐって裏金を受け取り現在相撲協会から背任行為で訴えられている元協会顧問Ｋ氏を「金を返したのだから問題ない」とおとがめなしにした人物である（日刊ゲンダイで既報）。Ｋ氏が「絶対コレ、バレんようにしてくれる？」と言って大金を受け取る様子はバッチリ盗撮され、ネット上に動画が転がっているというのに。

つまり、貴乃花を後援しているのは宗像氏および背任で訴えられたＫ氏などの陣営、

7年前の八百長事件の際

という構図はあまりにもはっきりしている。ネット検索程度でボロボロ出てくるこんな情報、文春だって知らないはずがあるまい。

しかも貴乃花部屋については、現在も高裁で貴乃花親方による力士の不当解雇をめぐる裁判が係争中で、その過程では貴ノ岩の暴行事件も判明している。この件で貴ノ岩は加害者だ。文春はこんな現在進行形の裁判は黙殺し、すでに判決の下った4年も前の春日野部屋の暴行事件について取り上げるわけだ。ついには7年も前の八百長事件についての発言を蒸し返す始末。

ああ、確かに春日野部屋の過去の個別案件には問題があるだろうよ。でも、もし相撲協会自体の体質を問題視するなら、4年前の力士の暴行事件や7年前の問題発言を今さら取り上げるよりも、現在進行形の背任事件や貴乃花部屋をめぐる裁判について取りあげるほうが価値がある。それなのに、新潮も文春も新しい事件をロクに取り上げず

「隠蔽」している。それはなぜか？

答えは簡単。わざわざ有名週刊誌で片方の過ちだけをほじくり返してもらって一方向に誘導すれば、相撲協会理事選という一般人にはどうでもいい狭い世界のゴタゴタで得をする人がいるからだろう。

週刊文春はこんな露骨な内輪の争いに簡単に巻き込まれているのである。いま大相撲のスキャンダルをことさらに取りあげる他誌もテレビも同様、ただ派閥争いに乗ってるだけ。文春には、逆方向から見てみたり、せめて事態を俯瞰して転がしてみるような姿勢はもうないのか？

もちろん週刊誌に大相撲を守る義務など何もない。マズいことがあればいくらでも報道するのがいい。しかしその毎回のネタの取捨選択、ことに「捨」のネタのほうに根深い何者かの意図を感じ、私は文春の大相撲報道には一片の信頼も寄せられない。

ここ数号における私の幻滅と徒労感はひどく、週刊誌に自分が連載を持つことの意義が分からなくなりました。しばらく休載させてください。復活するかどうかは分かりません。

2018/2/15

あとがき

最終項で啖呵を切って唐突に休載宣言しているので、あっけにとられてしまったかもしれませんよね……。

突然休んだものの、この数か月後に復活し、現在は何事もなかったかのように連載は続いております。補足として、このあとがきでそのあたりの経緯を多少説明しようかと思います。

週刊文春の大相撲をめぐる報道に辟易していたのは最終記事のとおりです。大相撲に対するかなり偏向したバッシング記事を毎週のように延々載せつづける週刊文春編集部に対し、大相撲ファンとして内情を多少知る私は毎度立腹しており、何度か自分の連載内で批判したり、別角度からのコラムを載せたりしていました。

私から見れば見当違いな記事が何度も載るので、そのたび黙ってはいられなくなる。でも、私のコラムは別に大相撲のことを書きたくてやっているわけじゃない。ああ今週もまた相撲のことを書かなきゃ気がすまない。こんなのどうせ求められてない。ほかのことを書きたい。でも、書かないと記事を認めてしまったような気分になる。

このジレンマを何か月か抱えていたことに加えて、別の記事でも報道姿勢に納得のいかないものを感じることが多々あり、私はなかば投げやりのような形で、最終原稿を提出する半日前に全くの不意打ちで「今回で連載を辞めます」と言ってしまいました。

しかし、よくよく考えてみると、私一人が連載を下りたところで週刊誌がその方向性を変えるわけもなく、私自身も週刊文春上での連載というそれなりの発言力（と、ちょっとした収入）をむざむざ手放すことになります。出版冬の時代とはいえ、週刊文春はやっぱりそれなりに影響力の強い媒体ですよ、悔しいことに。辞めても何の得もないです。

とはいえ、この調子で続けていては、私の連載の2~3回に1回が大相撲関連の話ということになりかねません。それは困る。意味が分からない。

そのへんを含めて丸1日考えまして、担当さんにもなだめられたり説得されたりしまして、降板ではなく「休載」というなんとも中途半端な決断を下した次第です。バッシングだってただのブームである。どうせみんな数か月も経てば忘れるのだ。ほとぼりが冷めて、ファン以外が大相撲のことなんか忘れたころ、何食わぬ顔で復活すればいいのだ。

――そうして数か月後。予想どおり、ファン以外は大相撲のことなんてどうでもよくなり、私も大相撲のことを書かなくてもよくなったため、しれっと連載が再開したわけです。

さて、まるで大相撲のみに関する問題であるかのように語ってしまいましたが、大相撲報道に限らず、何に関してもこういうことはありますよね。このあとがきを書いている今現在、日本ボクシング連盟の謎めいたボスが登場してワイドショーを賑わしているけど、さかんに面白がったり叩いたりしているのは以前から事情を知っていた関係者やファンじゃなく、たいがい何も知らなかった人です。その前にはレスリング協会が騒がれていたし、えーと、その前は何かあったような気がするけど何だっけ？　ほらもう思い出せない。そんなもんです。後乗りして騒ぎたて、界隈をかき回すのは事情を知らない部外者ばかり。私も含めてね！

この本でずっと書いてきた内容も、ほとんどは私という部外者による野次馬のにぎやかしです。大相撲の件では私はほぼ当事者のような気持ちで腹を立てていたわけですが、同時に別件の私の無責任な記事で誰かが腹を立てていたりもするわけで、この休載を経て、私も全く知らない世界に関してはなるべく無責任な放言はするまい、と自戒するに至りました。

嘘です。あんまり自戒はしていません。うまく責任を逃れられるように、ズルくズルく書こうと思ってます。

文と絵　能町みね子
カバーイラスト　中川いさみ
デザイン　鶴丈二
DTP　エヴリ・シンク

文春文庫

文字《もじ》通《どお》り激震《げきしん》が走《はし》りました

定価はカバーに表示してあります

2018年11月10日　第1刷

著　者　能町《のうまち》みね子《こ》
発行者　花田朋子
発行所　株式会社 文藝春秋

東京都千代田区紀尾井町 3-23　〒102-8008
TEL 03・3265・1211(代)
文藝春秋ホームページ　http://www.bunshun.co.jp

落丁、乱丁本は、お手数ですが小社製作部宛お送り下さい。送料小社負担でお取替致します。

印刷製本・凸版印刷

Printed in Japan
ISBN978-4-16-791179-9

（　）内は解説者。品切の節はご容赦下さい。

西　加奈子
ごはんぐるり
カイロの卵かけごはんの記憶、「アメちゃん選び」は大阪の遺伝子、ひとり寿司へ挑戦、夢は男子校寮母…幸せな食オンチの美味しオカしい食エッセイ。竹花いち子氏との対談収録。
に-22-4

蜷川実花
蜷川実花になるまで
好きな言葉は「信号無視」！　自由に生きるためには何が必要なのか。様々な分野を横断的に活躍する稀代のカリスマ写真家が語る、人生と仕事について。初の自叙伝的エッセイ。
に-24-1

野坂昭如・坪内祐三　編
俺の遺言
幻の「週刊文春」世紀末コラム
週刊文春名物連載「もういくつねると」から坪内祐三氏が厳選した55本を収録。都知事選挙、キレる子供、マスコミ報道……世紀末ニホンを俎上に筆が冴える。これぞ雑文の王道だ！
の-1-15

能町みね子
オカマだけどOLやってます。完全版
実はまだ、チン子がついてる私の「どきどきスローOLライフ」。オトコ時代のこと、恋愛のお話、OLはじめて物語など、大人気イラストエッセイシリーズの完全版。　（宮沢章夫）
の-16-1

能町みね子
くすぶれ！　モテない系
容姿は人並み。恋愛経験もゼロじゃない。でも、常にモテないオーラ溢れるモテない系女子を憐れみ、いじくり倒したエッセイ。漫画家・久保ミツロウとの対談「モテない系の生きる道」収録。
の-16-2

能町みね子
トロピカル性転換ツアー
『オカマだけどOLやってます。完全版』の後日談。旅行気分で気軽にタイで性転換手術♪の予定が思いもかけない展開に!?　トロピカル感満載の脱力系イラストエッセイ。　（内澤旬子）
の-16-3

能町みね子
言葉尻とらえ隊
ニュースや芸能人ブログなどで見聞きして、妙にひっかかった言葉の数々。その言葉から漂う〝モヤモヤとした違和感〟の正体を、能町みね子が明らかに！　「週刊文春」人気コラム。
の-16-4

能町みね子
お家賃ですけど

そして私は築40年を超えた下宿風アパートに戻ってきました。名前と性別を変えて……。著者が25～27歳の時に出会った理想の家と愛すべき人々への偏愛と執着にまみれた自叙伝風小説！

の-16-5

能町みね子
逃北
つかれたときは北へ逃げます

たまの休暇も誕生日も、会社を辞めると決めた日も北へ向かった。現実逃避で安らぎで、自らのルーツを探して北を旅する「逃北」エッセイ。巻末に俳優・千葉雄大との特別対談を収録。

の-16-6

能町みね子
お話はよく伺っております

電車で、喫茶店で、道端で偶然に出会った、知らない誰かの知らないドラマを能町みね子が（勝手に）リポート！〈実録＆妄想〉人間観察エッセイ。単行本未掲載のエッセイ15本も収録。

の-16-7

林 真理子
マリコ、カンレキ！

ドルガバの赤い革ジャンに身を包み、ド派手でゴージャスな還暦パーティーを開いた。これからも思いきりちゃらいおばちゃんを目指すことを決意する。痛快パワフルエッセイ第28弾。

は-3-50

林 真理子
運命はこうして変えなさい
賢女の極意１２０

恋愛、結婚、男、家族、老後……作家生活30年の中から生まれた金言格言たち。人生との上手なつき合い方がわかる、ときめく言葉の数々は、まさに「運命を変える言葉」なのです！

は-3-52

林 望
思想する住宅

家は北向きの方が良い？　畳敷きの和室は現代人には不要？　リンボウ先生が、自身の経験やイギリスでの見聞から、固定観念を捨て理想の家について縦横無尽に語り尽くす！　（林 大地）

は-14-10

畠山重篤
森は海の恋人

ダム開発と森林破壊で沿岸の海の荒廃が急速に進んだ一九八〇年代、おいしい牡蠣を育てるために一人の漁民が山に木を植え始めた。森と海の真のつながりを知る感動の書。　（川勝平太）

は-24-2